THE SONG OF LAO-MEI

VOLUME 3.
THE SEVEN REALMS OF HUNDUN

卷三

混沌七域

老梅謠

芙蘿／著

目次

Contents

前情提要

潔弟與吳常冒險進入老梅村，進入鬧鬼的陳府大院。過程中，所有線索皆指向斷頭案的幕後真兇手另有其人！

然而，塵封多年的舊案，所有證據都已銷毀、所有證人皆已死亡，隱藏在黑暗之中的神祕幕後主使人不斷派殺手與鬼術師步步進逼，身逢絕境的潔弟不得已躲進陰間……

第一章
禁丘

知覺再次回歸時，潔弟發現自己正躺在一處像是密閉的冰窖裡；既透不得半點光，又冷得令人直發抖。

她右手結印，念了句早已背得滾瓜爛熟的咒語，暫且隱蔽陽氣。

人在魂魄出竅、陽氣澈底消散之前，頭頂與兩邊肩頭都燃著真火。氣在火在，只要一息尚存，真火哪怕再微弱都還是存在的。潔弟因命格特異，能魂魄、軀殼一同進到陰間，但此處陽氣消耗得快，三昧真火也燒得快；一旦全滅，就真的回不了陽間了。所以進入陰間，首要之務便是封住陽氣與真火。

她之所以知道這些，是因為她高中時曾經發生一場嚴重車禍，魂魄因而進入陰間與陽間的過渡地帶——混沌七域。當時是奶奶的朋友——白鶴寺的老師父葉德卿以折壽十年的代價，捨命親自潛入混沌七域將她救出。而且老師父推算出她還會再有一次大劫。為了那一天的到來，她早已在老師父的長年教導下習得結印、咒語、陰間與混沌七域的相關知識，並且熟記於心。因此哪怕她今日是在倉皇之下遁入陰間，也能不加思索地應對。

周圍伸手不見五指，她只好先以老師父曾教她的「借火」，將結印的右手靠至左邊肩頭，捻來其中一簇真火，暫且一用，藉以照亮這個幽冷空間。

這裡不如陽間，空中無各般雜質阻礙，是以真火光源雖不明亮，但光線可無遠弗屆地照亮很大的範圍。

豈料，她才剛藉著朦朧的橘黃火光照亮周遭的岩壁，看清自己是在懸崖下一處突起的窄長石台，下方是一處地勢凹凸不平、烏漆抹黑的礫石陡坡時，她的真火便冷不防被一口陰風給吹熄了！

火一滅，眼前立即又一片漆黑，她反射性地想再取一次真火時，突然愣住了，心裡想著：咦不對啊，怎麼突然有股風？難道我背後有……

正在她疑惑之際，忽地背後受到一股衝擊，像是被人狠踹似地，立即連摔帶滾地跌下石坡，差點摔死！

她全身疼得像骨頭散架一樣，痛到叫不出聲。片刻之後，眼淚才像是收到神經指令一般，突然流下來。她邊掙扎地爬起身，邊心有餘悸地抹去眼淚、環顧四周。

這並非是潔弟第一次進入陰間。之前，老師父為了替她的將來打算，決心教她使用天賦，曾不只一次向她講述陰間的環境，也曾帶她到陰間找幾個亡者與幾處特定的地方，是以她雖然不安，但也還不到害怕。

只是後來老師父為了救她，硬闖入混沌七域，折了十年壽命，道行也大減，再也無法親自帶她進陰間，只好放手讓她自己嘗試。可惜她的資質和能力實在很有限，每次自己進到陰間，落腳處都不一樣，也始終沒能抓到控制的訣竅。

陰間浩瀚，像現在這處懸崖，潔弟看了便覺得陌生，以前從沒來過，更從沒被鬼魂踢下山過。

她噙了噙口水，揉揉疼痛不已的手臂，再試一次借火。

幸好左肩上的火沒全滅，只是非常微弱。她捻到手上，慢慢順時針轉了一圈。

火光幽幽之下，她越看越是心驚。

滿山遍野是密密麻麻、堆疊而起的開口木箱，每口箱匣裡頭都有一個遭鍊鈎或鐐銬桎梏的鬼魂！

有的四肢殘缺、有的屍首完整；有的死氣沉沉、有的怒氣勃勃；唯一相同的是，祂們全都靜悄悄地盯著她看！眼神沒有半點溫度，只有嫉妒與憎恨！被關押在此處的祂們甚是嫉恨所有能自由來去的靈魂。

她現在畢竟是個偷渡分子，本來就已經很心虛了，被他們一瞪，更是膽寒，氣焰一弱，手上的真火瞬時縮小，接著閃動一下，就澈底滅了！

此處猶如永夜，周圍鴉雀無聲，一直襲來的壓迫感不減反增。她雖然怕黑，但只剩兩昧真火，也不敢再貿然借來照路。

尋常人死後，通過混沌七域剝去七魄後，三魂便來到鬼門關。此時亡者須得出示「路引」，供關前鬼差查核身分。而意外橫死之人或罪惡多端之徒由黑白無常親自押解至鬼門關口，入關後則由牛頭馬面押解，直赴陰曹報到，之後再依案情判發各處。

而壽終正寢的亡者入關後，便會走上黃泉路。路兩旁是一望無際、艷紅如血的彼岸花海。路的盡頭就是忘川河，奈何橋在河上，孟婆亭就在橋頭。橋的左邊是通往河中的三生石亭，右邊則是通往望鄉台的山丘。

然而，亡者走的這條幽冥之路，僅佔陰間的毫釐之地，其正上方是懸浮空中的陰曹，下方則是惡名昭彰的十八層地獄。

若是亡魂跨過黃泉路右方看似無邊無際的彼岸花，便會在花海的盡頭，看見懸崖底下的善終城，也就是陽間俗稱的鬼城。那裡是地府官員與放棄投胎的善魂所居住之地。

鬼城之中，家家戶戶都有掌燈，遠處看去就像星空一樣，熠著千萬光點。與此處相比，兩地差異猶如天壤之別。

這麼推敲下來，潔弟頓時知道自己身在何處了。看來她正在黃泉路的左側斷崖下方。定睛往遠方一看，果然前方山稜線的一小段，正透著些許淡薄微亮、如極光般不斷舞動的青綠幽光。

越過前面那座山巒，應該就是枉死城了。

枉死城專供自殺、他殺或意外身故者暫居，直至達命定陽壽，才能赴地府衙門，依生前是非功過受審或受刑，之後再發往輪迴。

城內亡者多哀怨、憤恨，搞得城內氣氛總是很低靡陰森，不如善終城那般和諧悠閒。有些居民對人世尚存掛念，妄想出城返回陽間報仇、與親人聚首；或是不願枯等命定歲數的到來，一廂情願地以為逃出城外，便能找機會偷偷泅渡忘川河轉世。

等到這些亡者逃出城，就會發現自己受限於結界，被困在山區間哪都出不去，只能坐困愁城，等著被巡邏的陰差抓拿；或遭明令通緝，只得無止盡地躲藏在深山中，直到魂神俱滅。

穴隱在此的逃犯大多心懷怨恨不滿，日久便性情乖張邪戾，就連陰差也不敢單獨一人巡山。

而城郊有座如荒塚墳丘般的山坡，名為「禁丘」。專門關押擅自出城者。這些亡靈，除非甘願下地獄受懲，否則不得再發往投胎，將被鐵鍊所縛，直至魂散。

不少逃犯會來此劫走囚徒，以聚眾結夥在山區謀生。陰差之間才會時常互相告誡：此處邪物環伺，不可久待。若非奉命捉拿逃犯，萬萬不可偏離官道。

所以枉死城本身並不恐怖，恐怖的是枉死城外的周遭山區！也正是潔弟現在身處之地。

幸好，她恰巧就是摔在官道上，暫時沒有急迫的危險。

官道是陰間受刑勞役者所開闢、修築出來的公路。專供陰司差吏與一般亡者通行。中途設有大大小小的關口，亡魂經過都須出示路引，經確認才會放行。沿途也都有陰差定時巡邏。對於鬼魂來說，官道是最為安全、快速的往來路徑。

官道以外，幅員廣闊的區域則屬化外之境，荊棘、邪物叢生，一般亡者不會冒險涉足。

這是她第一次沒有目的，就這麼倉促地進到陰間，有種無所適從的感覺。她一邊加緊腳步，想趕快越過這山區，又同時想著：不知道現在能不能回陽間了？

雖然潔弟不能控制入陰間時的地點，但每次返回陽間時，都能出現在消失時的位置。會不會一回去又剛好遇到時空重置，或恰巧被流彈打中之類的？她不安地想道。

正在猶豫不決之時，她望著山稜線上，如極光般浮動飄移的幽光，忽然靈光一閃：對啊！枉死城！陳府滅門血案前前後後死了那麼多人，會不會有人還在城裡？可是，那已經是六十幾年前的事了……等等，還有那個陳小環啊！祂應該有可能還在城裡吧？唉，我怎麼現在才想到要進枉死城找線索呢！

這麼一想，她精神大振，甩開仍十分疼痛的雙腿，往那抹青光的方向跑去。

行未數步，前方山腳下，崎嶇不平的官道盡頭，陡地出現兩抹晃悠悠的青光。

她暗叫不好，這應該是來巡邏的鬼差！

陰間官員與普通亡魂不同，不論大官小吏都能一眼看出眼前來者的魂肉組成、心術正邪、言行真偽、姓名、壽辰……等「基本個資」。除了陰間官員以外，在深山野林間逃竄的野鬼，也能藉修鬼道而逐漸練成此種異能。

所以過去偷渡來陰間時，潔弟都會隨身帶著幾張老師父給她的隱身符，以免遇到陰差與惡鬼。

她苦惱地想：只是現在身上根本什麼法寶都沒有，該如何是好？

腦袋才轉了幾圈，那兩團青光便明顯靠近許多。雖然跑出官道很危險，但現在也管不了這麼多了。

她立刻就近往左側山腰奔跑，心裡想著：反正禁丘上的逃犯都是被刑具銬住的，應該不會這麼衰剛好遇到幾個來偷囚的吧？

她一路上被陰間常見的鬼爪草絆倒好幾次，急忙將枝枝鬼爪踹開，奮力爬起，跌跌撞撞地猛衝，才得以趕在陰差走近前，摸黑躲進滿山遍野囚禁逃犯的木箱群之中。

鬼爪草是外型與乾枯人掌相似的妖草。之前她聽老師父說，陰間土壤貧瘠，大部分的野草都有靈敏的感知力，只要輕輕一碰，便會反射性地胡亂撲抓一通。一旦捉到東西，便會將獵物往泥土下扯。在供根部吸盡能量之前，絕對不會鬆手。一般來說，這類低矮野草力道捕恰巧落地的靈魂綽綽有餘，實體肉身掙脫卻不太困難。

她正想藏身在一堆木匣後方，背心一角卻忽然被人揪住！

她急著閃躲官兵，下意識抽出刺刀，往後一揮。聽到被卸下的手掌啪嗒落地的聲音，以及男鬼哼哼唧唧地喊疼。才知道自己剛才割斷的不是鬼爪草，是亡靈的手掌！

姑且不論祂抓自己的動機，連問都不問就砍斷別人的手，這怎麼說都說不過去。於是潔弟立刻急急忙忙輕聲道歉認錯。實在沒想到，陽間的刀還真能傷這些亡魂。

隨著這兩簇青火接近，來者也漸漸清晰。是兩位提著青燈飄來的官吏。不料，祂們乍地停下腳步，轉頭往她這邊看過來！

躲在木箱後的她，反射性地雙手摀住嘴，將探出的頭縮得更裡面，只留雙眼睛繼續打量。

接著，鬼差像是感應到她的存在一般，竟也提著兩盞擺盪不停的燈籠，果斷地步出官道，直直朝她這靠近！

怎麼可能！她心裡大叫。

普通官員怎麼會沒事突然偏離官道？就算是剿匪也不會只有兩個啊。難道是興致一來，想上禁丘野餐郊遊？

她瞇著眼，想將祂們的穿著看仔細，藉以辨其身分。等到雙方距離拉得夠近時，她猛地倒抽一口氣，肺部感到一陣冰冷，忍不住顫抖了幾下：這下慘了！什麼不來，偏偏來了兩個判官！我會不會被直接打下十八層地獄啊？

陰曹二十四司，各有所掌。一般負責陰間巡邏的是巡察司小吏。祂們都是身著黑色合身翻領胡服，繫白色腰帶，偶有外套一層甲冑。

眼前兩位官吏身穿一藍一紅圓領寬大官袍，頭頂烏紗帽，帽上各自別了顆夜明珠。其珠潔白瑩亮，令人目眩，一眼便能輕易瞧出兩位顯貴的身分。

就在祂們距離潔弟約莫幾十公尺時，她的背心又再次被輕扯了幾下，有個小女孩的聲音自身後傳來：「姊姊，妳身上有個甜味。是糖嗎？」

她嚇得立刻往旁摔去，幸好嘴巴摀住了，不然這一尖叫肯定馬上曝光位置。因為周圍黑暗，她也看不清是誰在說話，只能猜測是有個早夭的小孩因逃跑被捕，受囚禁於此。

這麼一想，她忽然覺得祂好可憐，便小聲對祂說：「是啊。小妹妹乖，等下官兵走了，我再給祢吃糖好嗎？」

「我不要我不要！現在就給我！我現在就要吃！」小女孩吵鬧著說。

「噓……」她怕祂會引起判官的注意，雙手慌張地在背心上亂翻著口袋找糖果。

正當她伸手要將找到的糖果給祂時，旁邊突然出現溫柔的男性嗓音：「千萬不能給！」

「啊——」她被這突如其來的聲音嚇得猝不及防，一個重心不穩，馬上又滾下山坡！

還好她躲的位置不高，沒兩下就止住了勢。腦袋雖摔得七葷八素的，但也很快就恢復了。

滿地的鬼爪草又再次撲抓而來，她正要揮手甩開，冷不防雙臂先被架了起來，身軀隨之離開地面，免於妖草的襲擊。

她抬頭看向左右，逮著她的正是剛才看到的那兩位判官！

身穿藍袍者還將一群鬼爪草搶著的那顆糖果取回，放進她背心口袋之中。

「吳常！」潔弟對著藍袍判官喊道，又對著紅袍判官大叫，「睫毛！」

兩位判官一個臉極似吳常，另一位則根本是戴著烏紗帽的柴犬頭！

潔弟心裡大受打擊，震驚不已：不會吧！難道吳常跟睫毛都……

「奇了，我可從沒聽過有人掛念睫毛的！」犬頭紅袍判官驚奇地說道。其聲音粗壯響亮猶如號角。

「聽聞陽間最近流行戴假睫毛，莫不是娃兒如此鍾愛此物？」藍袍判官認真地酌思道。

其談吐明顯與吳常不同，睫毛又根本不會說話，是以祂們一開口，潔弟便知道眼前這兩位絕對不可能是吳常和睫毛。只是她仍被祂們的長相嚇得一時說不出話，只能愣愣地看著祂們：我的老天！這到底是怎麼回事？為什麼長這麼像啊？

紅袍判官一打響指，提議道：「乾脆咱倆把這小娃拐去給黑白無常當老婆可好？祢說該給老謝還是老范好？」

藍袍判官溫柔莞爾一笑，說道：「祢就別嚇孩子了。她還陽壽未盡呢。」

潔弟終於回過神來，急忙搖搖頭：「死了也不嫁！」

這句話不知為何逗得兩位判官哈哈大笑，她卻一頭霧水。

犬頭紅袍判官指著她的鼻尖，語調嘲諷地說：「她居然當真了！」

她不知道祂們到底在笑什麼，連忙解釋道：「吳常是我朋友，睫毛是我家的狗。」

這下換紅袍判官笑不出來了，只臭著一張狗臉瞪著她。

藍袍判官斂起笑容，將祂的手按下，溫柔地對她說：「別大驚小怪。陰間官員只有彼此看得清真面目，對其餘生人、亡者而言都沒有固定面貌、形象，一切都依觀者心定。吳常和睫毛必定是妳很牽掛的人和寵物。」

第二章
伸冤

潔弟本來還怕自己擅闖陰間，會被兩位判官打入地獄而驚慌失措。但現在看來，祂們似乎沒打算要懲罰她。這才稍稍冷靜下來，認真思考藍袍判官的話。

「奇怪，那我爸爸、媽媽呢？還有奶奶、哥哥啊。我怎麼會不牽掛他們呢？」

「陰差的長相不能投射觀者的血親，這是天地間自古以來的奧祕。」藍袍判官耐心答覆。

「真神奇！」潔弟點點頭。又忽然想到方才判官阻止自己拿糖給小女孩，便好奇問其由。

「人鬼殊途，陰陽兩界之間互贈或互換之物，皆被視為『信物』。且由收受者自定其義！倘若有心害妳，光憑此糖就能牽絆住妳的魂，讓妳做祂的替身，代為囚禁於此。祂便能脫離枷鎖，早日過奈何橋，投胎轉世。」

「什麼！」潔弟一聽，嚇到魂都快飛了。真是好險判官路見不平，即時出面阻止，不然後果真是不堪設想！

「可是，祂為什麼要害我呢？」她抬頭往山坡上，重重木箱看去。

青冥燈火的照耀下，探頭出來窺視祂們的小女孩，一注意到祂們的視線，便立即將頭縮回去。

「咦，怎麼這麼眼熟？」潔弟心下起疑，覺得好像在哪裡見過那個小女孩。

可是，如果是在老梅村裡的孤兒院見過的話，孩子們又都一直被困在院裡，怎麼會出現在這呢？

「只有鬼自己才知道！哎，鬼跟人一樣，都會騙人。而且還更會騙！」紅袍判官中氣十足地說道，「祂們啊，還能隨心所欲化成不同相貌，以達到迷惑引誘的目的。」

潔弟忽地想起老師父曾經萬般叮囑她的話：鬼都是會騙人的，絕不能盡信。

沒想到連給顆糖果這點小事，也有可能會造成這麼嚴重的後果，令她心裡不禁有些發毛，覺得自己對陰間的理解甚是淺薄，根本沒有自以為的那麼透澈。

「我們說了這麼多，妳真能全數聽懂？」藍袍判官問道。

「嗯，雖然文謅謅的，有點做作，但還是能理解啦。」潔弟說。

「娃兒胡說什麼呢！」紅袍判官說道，「這叫『官話』！陰間官吏之間，或是百姓與官員說話就得如此。等妳死久了，自然就會了。」

一番對話下來，他們又再次回到官道上。兩位判官便鬆手讓潔弟下來自己走。

她道了聲謝，又問道：「那個，祢們……會不會把我抓去關啊？」

「怎麼？怕啦！」犬頭紅袍判官揶揄道。

「怕！」她雙手撫著胸口，坦白地嚷著，「怕死了！」

「這妳大可放心。」藍袍判官安撫道，「負責捉拿私闖陰陽兩界者是『巡察司』的工作。除非大王指示，否則我們是不會插手的。」

大王？是指閻王嗎？潔弟心裡猜測，又順勢問道：「那祢們又是什麼司的啊？」

「爺乃『速報司』之兵部判官！」紅袍判官睜著圓亮亮的黑眼，孔武有力地說道。語畢抬起柴犬頭，露出上下兩排犬齒，既威風凜凜又有些可愛。

陰曹速報司掌管兵部、禮部與發文三項重要職務。兵部的職責是囑咐善終亡魂準時至陰曹單位辦理報到，以及查緝、拘押陽間枉死冤魂或已壽終卻遲未至地府報到者。若有冥頑不靈者不從，則提頭來審；情節重大者，則由判官親自出面，直接從陽間打入阿鼻地獄，永世不得超生！

潔弟心想：聽起來是個高官啊！那是不是趁現在先巴結一下比較好？

「哎呀，原來是兵部判官啊！」她雙手抱拳，臉上堆滿了笑，望著祂的狗臉說道，「久仰久仰！難怪長得這麼帥！」

「我屬『陰陽司』，同為判官。」藍袍判官接著說道。

陰陽司掌理陰陽兩界生死各項事務的安排。從生辰死期到富貴貧賤等宿命，都會詳細地登記在「生死簿」中，這項登記的工作便交由陰陽司來負責。另外，此司還負責統籌、協調其他司共同合作處理案件，以及執行閻王交辦之各項事務。

在二十四司中，陰陽司與速報司是最重要的兩司，可併稱為眾司之首。

潔弟一聽當即覺得不得了了，怎麼這麼走狗運讓自己遇到這兩位百官千吏的頭頭！心裡想著：我是不是要飛黃騰達了？啊不對！應該先來哭爹喊娘、叫苦喊冤一下嘛！

她連忙對祂們說：「那太好了！我跟吳常為了幫人平反冤屈、查清真相，搞得跟包龍星一樣被人追殺，差點壯志未酬就先跟著嗝屁了！祢們幫幫我好不好？」

紅袍判官魁梧的身軀抖了兩下，神色頗為訝異。接著嘴巴靠在藍袍判官耳邊，以掌遮掩，輕聲問道：「小聲告訴我，何人是包龍星？」

「我也不知。」藍袍判官一臉苦惱，「莫不是陽間最近流行的網紅、小模一類？」

在一旁聽得一清二楚的潔弟，越來越覺得這兩位判官不太可靠，心想：我就站在祢們旁邊，講什麼悄悄話。

「哼哼，」她清了清喉嚨說道，「包龍星是誰重要嗎？重要的是我在伸冤啊！」

「喔！」紅袍判官與藍袍判官互看一眼，對潔弟說，「唉，只怕這事咱們愛莫能助。陰陽素不相犯，就算我們身為判官也不可逾越半分。何況陽間冤仇數不勝數，又豈是我輩干預得來的。」

「娃兒莫灰心。」藍袍判官安慰潔弟道，「法網恢恢、疏而不漏，縱使這些為非作歹之徒在世時未受應得的制裁，死後來陰間報到時，也定逃不過『察過司』與大王的法眼。我輩定將其繩之以法，絕對勿枉勿縱。」

兩位判官言下之意很明確：除非亡者真正進到陰間，否則無法受理，視情節為其作主或加以懲罰。

雖然如此相當被動，但也確實是符合常理、順應天道，更是早在潔弟的意料之中。

她見話題已慢慢走向埋下的伏筆，當即打蛇隨棍上，刻意言辭激烈地說：「話不能這麼說！什麼陰陽不相犯！如果什麼事都能在陽間解決，那要陰間屁用？祢不要假天條之名，行切割之實！」接著又理直氣壯地說，「身為未來的善終城市民，也是祢們未來的好厝邊，我在這邊嚴正呼籲祢們不要推託、踢皮球，否則會遭到社會大眾的撻伐，失去人民的信任，最後走上自我滅亡的道路！」

「妳！妳這分別是能言巧辯啊！」紅袍判官動怒地說，「我們秉公辦理，怎麼就叫推託、踢皮球啦！」

「娃兒莫要責怪。」藍袍判官依舊溫和地說道，「若有我輩能幫的，定不推辭。只是現在，確實是幫不上忙。」

好不容易給潔弟撞上了兩位顯貴，怎麼能因為幾句婉拒就放棄？既然據理力爭不成，她就「不」據理力爭，繼續順水推舟，將話題推向偉大的航道。

「此言差矣，」她刻意模仿祂們不古不今的官腔，「陰陽司、速報司這兩個單位雖然在陽間沒什麼知名度，但祢們好歹在陰間是喊水會結凍、喊柴會著火，權傾九泉的權貴！總是有可以幫上忙的地方吧！至少，」她划出最後一槳，「祢們能帶我去枉死城走一遭，讓我問問當年與案情相關的死者，看看能不能收集到一些關鍵線索。」

「這……」藍袍判官面有難色。

「大膽刁民！」紅袍判官氣沖沖地開闔著狗嘴，「小娃，我們見妳魂氣清正，心存善念，這才不願為難妳，想偷偷送妳返回陽間！沒想到妳居然得寸進尺，妄圖入枉死城！」

祂怒不可遏，口水噴得潔弟滿臉，她只好用雙臂遮擋，一時之間回不了嘴。

藍袍判官按住紅袍判官的肩膀，對潔弟說道：「究竟是什麼樣的案子，讓小娃如此大費周章、甘願捨生犯險進陰間相求？當真如此之冤？」

「冤啊！太他媽冤啦！」潔弟見藍袍判官起了惻隱之心，趕忙加油添醋道，「祢們再不出手幫忙，不只要六月降大雪、血濺１０１，還要海水倒灌、火山爆發、異種入侵，全人類的生死存亡就看祢們這一刻的決定啦！」

為了避免祂們有冷靜思考的時間，潔弟更是一鼓作氣地從六十幾年前的陳府斷頭案、匪諜誣告案，講到在老梅村被歹徒追殺的經過。

紅袍判官即便在她眼中是狗臉，也能明顯看出其表情之錯愕，臉一陣青一陣白的。要不是知道祂貴為陰間判官，她還以為睫毛看到鬼了咧。

藍袍判官皺起眉琢磨道：「老梅村若真只讓老梅人進出……那娃兒又究竟是何來歷？」語罷，祂平白從空中拿出一本厚如電話簿、閃耀如月光下的海浪似的靛藍色「生死簿」，將其攤開、翻閱，食指快速在密密麻麻的字裡行間游移。紅袍判官也好奇地湊到旁邊看。

突然食指一停，藍袍與紅袍判官同時驚呼一聲。

「奇啊、奇啊！這天地間竟有此等怪事！」紅袍判官大為震驚，狗嘴張得好開，烏溜溜的圓眼都睜大到露出上方的眼白了！

「竟有這等事！」藍袍判官也露出驚愕之情。

「什麼啊？」潔弟問道。

兩位判官置若罔聞，只是不住地嘆息，來回飄蕩似在踱步。良久，判官情緒才逐漸平復。

藍袍判官又是嘆了口氣，神色黯然地說：「唉……只是……我們在朝為官，身不由己，仍是不能出手干預……」

第三章
怒犯天條

「為什麼祢們聽了來龍去脈，表情這麼驚訝？看了生死簿之後，又變得這麼激動？既然這麼憤慨，為什麼還不願意帶我去枉死城？如果是怕被責怪，難道不能跟閻王請示看看嗎？」潔弟問道。

「唉……多說無益……」藍袍判官搖頭嘆息，不正面回答，只是催促道，「走吧，趁還未引起注意，趕緊送妳回陽間。」

「如果連祢們都不幫我，還有什麼機會破案？人全都死光了，什麼證據都沒了，吳常又危在旦夕……」一想到吳常，潔弟就心亂如麻，不禁開始哽咽了起來。

「不！」紅袍判官像是下了壯士斷腕的決心，面容肅穆地說，「這事我管定了！」

「真的？」潔弟不太相信地說。

紅袍判官接著又對藍袍判官伸手：「生死簿拿來！小娃若能一看，便能明白一切因果！」

「萬萬不可！」藍袍判官勸道，「官員若私自洩漏天機或供凡人使用法寶，將立即革去功名，更可能依情節罪狀發至八寒地獄之中！豈能如此魯莽？」

「下地獄就下地獄！我豈是貪生怕死、懦弱窩囊之徒！若非我輩不聞不問，那斷頭案早破了！說不定爾後若干慘事，皆不會發生！而今，天上掉下來這小娃，便是天道使然，我等豈可袖手旁觀！」紅袍判官握緊雙拳、怒目圓睜，「是非對錯，功考、功過二司自有丹青公允！我大不了不要這頂烏紗帽，下紅蓮地獄受盡折磨，也莫要我祖先蒙羞、兒孫看笑話！」

「此言太過！我絕不讓小娃看簿！祢休得胡來！」藍袍判官口氣也轉強硬。

「對不起！今日就當作是我劫寶了！」紅袍判官忽地手握一支不知從哪來的狼牙棒，一掄起來便激起強風，呼呼作響。

潔弟沒想到看一眼生死簿就可能會牽連兩位判官下地獄，更沒想到紅袍判官居然還想劫寶，頓時驚慌地想著：被那狼牙棒打到還得了，搞不好三魂就立地解體了！

意識到事態變得如此嚴重，她立刻伸出手抓住紅袍判官的手臂，阻止祂揮棒時，那孔武有力的臂膀竟直接順勢將她甩飛了出去！

「啊——」她摔在鬼爪草上，痛到說不出話來，只是全身在草地上疼地打滾，覺得自己內臟都摔成肉醬了。

藍袍判官見狀，既不惱怒也不懼怕，只是啼笑皆非地嘆道：「唉，莽夫啊莽夫……」說罷，手中的生死簿頓時憑空消失。

紅袍判官的狼牙棒轉眼呼嘯而至，藍袍判官周身乍地出現一弧半球型光暈，那躍動著淡藍色的迷茫冷光堅如磐石，狼牙棒重重砸下，霎時發出「磅」一聲巨響，震得人心裡發怵！

同時，一股猛烈的氣流向四面八方湧去，將潔弟吹得老遠。

「祢忘了，」藍袍判官神色鎮定地對紅袍判官說，「尋常生人、亡者若是看清生死簿記載，雙目便會登時焚毀，且發落至孤獨地獄？」

潔弟聽到藍袍判官的話，嚇得一下子忘了痛，錯愕地叫道：「什麼！」

紅袍判官愣了一下，立即收勢：「果真如此，我便將生死簿上的記載轉述給娃兒聽！」

「且慢！」藍袍判官再次出言阻止，「我如何能見祢獨自一人下地獄！」猛地拂袖，重重嘆了一口氣，「唉……也罷、也罷……」

紅袍判官知其心意，忙道：「這事祢甭管、甭插手！全由我一人承擔！」

藍袍判官卻是不語，抬頭仰望燦若星空的穹頂與重重懸浮的樓閣殿宇。片刻之後，才幽幽說道：「世間安得雙全法，不負如來不負卿……隨我來。」語畢，便轉身往斷崖方向一上一下地飄去。

紅袍判官看來也摸不著頭緒，只得收起狼牙棒，飛快地飄到潔弟身邊，一把將她從草地上拎起來，快步跟上藍袍判官的步伐。

她看兩位判官似乎都有意要鼎力相助，此時又已摔得全身痛麻，手腳使不上力，也只能放棄掙扎，任由紅袍判官拎著自己離開禁丘。

路上又忍不住頻頻回頭，瞥了幾眼小女孩關押的位置，和遠處山頂上的那抹綠光，心裡暗自打定主意要再找機會偷偷進枉死城找那些亡者問個清楚。

在判官們的燈籠火光照耀下，山崖轉眼便映入眼簾。正當潔弟四處張望尋找能上山的坡道或石階時，不可思議的事情發生了。整個空間像是活的一樣，一感應到判官們的到來，馬上重力轉向！

幸虧紅袍判官拎著她，不然崖面一下子就轉了九十度變地面，來不及反應的她一定又要跌個狗吃屎。

她大感訝異，不明白陰差明明就是飄蕩移動的，為何不能直接向上騰飛至崖頂，而是要借空間重力偏轉才可上下斷崖。只能揣測是某種結界或限制阻礙亡魂直上直下。

向前看去，陰曹猶如星雲一般的遙不可及，心中又陡生疑問，不知幽冥之路與上層懸浮的陰曹又該如何通行。因為兩地中間並無地勢相連。

兩位判官的腳程很快，在潔弟納悶之際便來到崖頂。此時重力又翻轉回來，判官熟稔地變換重心，立時身入絳紅地毯般的彼岸花海之中。

雖然她已閉起陽氣、真火，藍袍判官仍不太放心。為了避免引起不必要的麻煩，決定將她藏在身上。

祂從腰帶上取下一個墨綠絲綢香囊，拉開束口，輕輕一抖，尺寸便瞬間變成沙包大小一般，像是蓋布袋一樣將她從頭籠下，再束起口時，香囊又變回原本的大小，便可再將之別回腰帶上。

這玄妙的香囊上繡有一隻背長兩對翅膀的兕彘。據紅袍判官說，其名為「乾坤袋」，是能裝進天下山川的寶物。

陽間傳說中的「五鬼搬山」，實則就是利用這一類法寶來盜竊。昔為一位鬼王珍寶，後被鍾馗降伏時，給繳了械，收進地府贓物庫房中。因陰陽司判官有功，閻王便將其賞賜予祂。

雖然乍看之下，這香囊一點也不透光；但身處其中，外頭視野卻頗清楚，彷彿只是隔了層薄紗似的。

潔弟在裡頭見遠方點點螻蟻般的黑影全都朝著同一方向而行。待至近處，才發現一抹抹人影都是走在黃泉路上的亡魂。祂們面無表情，一晃一盪地慢慢往忘川河的方向走去。

黃泉路上，沿路鋪著奇異的燈石，散發著微弱昏黃的暖光。路兩旁血一般絢爛鮮紅的彼岸花又稱「接引之花」，其幽香能喚起死者生前記憶。是以祂們一開始還腦中一片混沌、茫然，隨著步伐前進，便會一點一滴地憶起往昔種種。亡者若還留戀世間，不願至地府報到，腳步便會越加沉重，變得裹足不前。

因此潔弟當下不禁心生感慨：黃泉路之長如黃河、之遙如長城，真不知道祂們要何時才能抵達河邊。

兩位判官很快就帶著潔弟來到忘川河畔、奈何橋下。

這一帶因官吏眾多，潔弟從不敢靠近，只能遠遠窺望。現在近處放眼一看，頓時有些錯愕，眼前景象實在與民間傳說那般淒冷幽美判若雲泥。

忘川河裡充斥著鐵劍銅斧，蛇蟲一類鑽爬其中。河中火蕨、鬼蓑衣、勾魂棘……等水生妖草奇多，不少惡鬼怨魂深陷其中，掙脫不得，只得永世忍受著刺鼻不堪的腥臭，遭蟲獸啃蝕、火蕨烈火焚燒、勾魂棘穿魂而過。

眼前有道黑石砌成的狹窄棧道，通往河中的一座涼亭。岸邊成千上百的亡者全都在等待小差的叫喚。那棧道一次只能容一魂通行，須待該魂進入涼亭、消失之後，小差才會再次唱名，讓下一位走上棧道。

有幾位亡者走上棧道時，一個不小心，被河中怨鬼撲抓或鬼簑衣勾扯入河中，令不少岸邊等候者看了心驚膽顫，紛紛打消去涼亭的念頭。

潔弟在乾坤袋裡，看了也是心裡發寒，不知藍袍判官帶自己來這裡有何用意。

「涼亭裡到底有什麼？為什麼所有鬼魂進去之後，都不見了？」她自言自語道。

就在此時，袋中突然響起藍袍判官的聲音：「怕死嗎？方才妳一席話打動兵部判官。為了能助妳平反冤屈，祂干犯天條，下八寒地獄，永世受凍裂之苦！那妳呢？」

潔弟沉默了。

望著棧道上被抓進河裡的亡魂，她又感到一陣顫慄，清楚一旦落入忘川河中，便永無上岸之日，那與下地獄又有什麼分別？

「若能通過這棧道，行至涼亭之中，也許尚有一絲希望。」藍袍判官似乎也察覺到她的猶豫與膽怯，又說道，「開弓沒有回頭箭。我再問妳一次，妳是否真願以身犯險，只求查出真相、為那些亡者伸冤？」

潔弟閉上雙眼，往事躍然心頭，所有驚悚曲折的經歷、駭人辛酸的真相，每一個死者都在她腦海中輪流浮現。

她心想：祂們在等我和吳常。除了我們，沒人能幫了。那些被歷史洪流淹沒的亡者，沒人會記得祂們、知道祂們了。

她心裡吶喊：一絲希望，即便只有一絲希望也好！爸爸、媽媽，對不起了！

張開雙眼，她有了覺悟：「我願意。」

第四章
三生石

藍袍判官聞言，吁了一口氣，似是欣慰又似是惋惜。

「那好，」祂道，「記住，機會稍縱即逝，小娃定得見機行事！」

「嗯！」潔弟跪坐的身子前傾，雙手貼著乾坤袋裡布，緊盯著外頭動靜。

她不知道兩位判官打算搞什麼名堂，只能猜測祂們應是打算支開周遭的小吏，讓她能趁機走上棧道，進涼亭找線索。

氣氛剎那間猶如山雨欲來，她屏氣斂息、綳緊神經，隨時準備應對一觸即發的狀況。

藍袍判官與紅袍判官彼此間心有靈犀，同時相視一眼，點了點頭。

「我們來世再做兄弟吧！不對，」紅袍判官神色憤慨又有些悲涼，「也許我沒有來世了……」

潔弟一聽，心又是一緊，更加堅定要冒死進涼亭的決心。

「說什麼傻話！」藍袍判官雲淡風輕道，「我怎能容祢一人打腫臉充胖子、犯天條裝英雄！咱倆紅蓮地獄見吧！」

藍袍判官這番話令紅袍判官好生感動，祂愣了一會，接著闔上眼，握緊拳頭，犬頭居然轉為惡狼之相！再張開時，雙眼猛然射出威武攝人的火光，神情是視死如歸的豪情氣魄。祂右手虎口一張，通體紅如烈火的狼牙棒再次現身。

接著高高躍起，雙手舉起狼牙棒往下重重一擊，大喝一聲：「破——」

「砰——」大地猛地應聲崩裂開一條深不見底的裂縫，向前後延伸不見盡頭，濺起無數飛沙走石，沿岸一排昏黃燈石彈指間化作煙塵，天地變色，幾近陷入一片黑暗！

猛烈的衝擊掀起巨大波瀾，幸而忘川河岸邊有著無形結界，諸多鬼差、亡魂遭吹飛後，先打到河上結界又給彈回岸上，這才沒墜入河中，無故變成冤死鬼。

縱使已經提前做了心理準備，潔弟也萬萬沒想到會發生這足以撼動幽冥之路的巨變。這豈只是轉移眾人注意力，簡直就是大鬧陰間啊！

她看了不禁猛搖頭，心裡哀嘆道：唉唉，這下人情債欠大了！算了算了，事到如今頭都洗下去了，大不了一同去紅蓮地獄挨苦受罪！

「去！」藍袍判官趁亂解開乾坤袋的束口，將囊袋扔向棧道，對潔弟說，「妳是所有人的希望！」

乾坤袋在空中放大至沙包袋般，落地的瞬間，潔弟便從袋中摔滾出來。

「啊！」她鬼叫一聲，痛得差點沒岔氣。

此次當真摔得不輕，她登時頭暈目眩，腦中嗡嗚作響，渾身像是灌了水泥似地沉重，卻連一秒也不敢耽擱，藉著河中火蕨吞吐的黯淡火光，急忙連滾帶爬地朝涼亭前進。

她初時還以為是自己頭暈，心想怎麼棧道走起來這麼顛簸，焦慮地碎念道：「媽呀媽呀，我是腦袋摔壞了嗎？怎麼站都站不穩！」

幾步之後才恍然大悟：這些石頭居然會動！

由於她是擅闖者，腳下的條石可不會平穩地供她踩踏，而是會上下起伏或左右晃悠，令她舉步維艱。她不時前傾後仰、手扶膝頂，努力捉到重心、維持平衡，以免跌落河中。

好不容易行至離涼亭不到十米處，河中忽然甩上四、五道長滿尖刺的勾魂棘，她連忙跪趴下來，欲閃躲空中盲目揮舞的棘莖，腳卻猛地被河中怨鬼往後扯去！

她下意識趴在地上，手指摳抓住石棧道間的縫隙，誰知道那塊條石如此不牢固，就這麼硬生生被她翻了半圈！

河中怨鬼既找到替死鬼，如何會鬆手，立即發力將她拖去，她頓時失去重心，身體疾速往後退，幸又死命攀住另一塊條石，這才暫時止住勢。此時全身繃緊如弦，下半身已經懸在河上了，只要那惡鬼往河下一沉，她就真的要一命嗚呼了。

就在這危及存亡之際，藍袍判官的話在潔弟腦中響起，接著大聲回盪了起來：妳是所有人的希望！妳是所有人的希望！妳是所有人的希望！

「絕不放棄！」潔弟大吼一聲的同時，陡地靈光一閃，拔出刺刀就往後胡亂揮砍，割傷了怨鬼的手臂。

祂一吃痛便抽回手，她趁祂再次伸出鬼爪之際，立即又往前奔出好幾步。此時熱血沸騰，道上見勾魂棘和鬼簑衣也不知怕，拿刀就往祂們砍去。

未料，來到最後兩、三步遠時，一條勾魂棘冷不防掃向潔弟的小腿！此時也來不及閃避了，她馬上順勢往前一撲，再一個前滾翻翻進涼亭裡！

＊＊＊

忘川河畔被紅袍判官無來由地這麼一砸，引起一片恐慌。一時半刻的，誰也不清楚究竟發生何事，眾鬼只道是天崩地裂，所有鬼魂皆如無頭蒼蠅般亂竄，岸邊霎時一片混亂！

潔弟一路披荊斬棘，藍袍判官不免為她捏把冷汗。最後見她有驚無險地撲進涼亭，這懸著的一顆心才總算放下。當即魂身閃了兩下，消失在幽冥之中。

待塵埃落定，河岸鬼差才意識到這番天搖地動，竟是因兵部判官而起，一時也不知該如何反應。陰間判官地位崇高，具有至高無上的威嚴，莫說是普通亡魂，就算是在陰間當差的尋常官兵也對其萬般敬畏。

然而，這番震動眨眼間便上傳至陰曹，百餘陰兵立即現身此地，查探究竟。

紅袍判官一見兵士，當即開口：「兵部判官驚擾九泉，願負荊請罪，一切責罰悉聽尊便！」

接著手一鬆，狼牙棒應聲落地，單膝下跪，低頭不再言語。

陰間維持秩序、對外降魔征戰之兵將皆屬速報司兵部，由紅袍判官掌理。眾兵既是其底下人馬，又不明其由，豈敢肆意對祂動手。

帶頭身穿甲冑戎裝的戟長環顧一周，見遍地滿目瘡痍，一頭霧水地向紅袍判官問道：「敢問大人，您這又是何意？」

紅袍判官不答，戟長與身旁兩位庶長面面相覷。須臾，戟長才指揮道：「先將大人帶回五殿，聽候發落！」

＊＊＊

潔弟進了涼亭之後，映入眼簾的天頂與四壁，竟不見一柱一樑，取而代之的是一片灰藍迷茫的薄霧。

她馬上站起身打量四周，剛才外頭看到的石桌、石椅、雕花木欄皆不見蹤影。原應是涼亭中間的石桌之處，此時矗立著三塊平滑如鏡、石體通透無色如水的巨岩。其形體大同小異，都像門一般高窄且有些扁平。

她這才茅塞頓開：是三生石！

相傳「三生石」是女媧補天所剩下的彩石，其能分別顯現亡者前世、今生與來世的浮光掠影。數千載以來，見證了芸芸眾生的悲歡離合。盼亡者觀前世因、今生果，能知曉宿命輪迴，悟得緣起緣滅，澈底放下生前恩怨情仇，前往輪迴投胎。

「難道柴犬判官要我看生死簿，是因為我的前世跟那些案子有關？不會這麼巧吧！」她喃喃自語道。

此時分秒必爭，也沒時間細想，說不定陰兵很快就會衝進來抓人。只是這三生石又不是電視機，沒有遙控器可控制，她實在不知要如何讓它浮現自己的前世，只得亂猜一通：該不會是聲控或體感控制吧？

這麼一想，她連忙在三生石前揮手，打招呼，可是它卻一點反應也沒有。

同時，她心下也納悶：「今生」理論上應該會是由中間這塊顯示吧？那「前世」到底是左邊這塊，還是右邊這塊？

她立刻快步繞一圈，卻也沒瞧出什麼端倪，三塊巨岩沒有記號或顯著差別，她實在不知該如何辨別三者。

「完了完了，那吳常臉判官怎麼也不先教學一下？我要是猜錯了，不小心看到來生，會不會又要雙眼燒毀、下地獄？」她心急如焚道。

接著一手叉腰，一手伸向左邊那塊巨岩，撐著身體，讓雙腿輪流歇息。正在思考之際，她手碰觸到的那塊巨岩猶如燈光照耀下的蛋白石，驀地流動起炫目的虹光！

她反射性地抽回手，以為自己不小心觸動什麼機關、闖了大禍。想找地方躲，偏偏周圍空無一物，涼亭以外的空間又像是一片虛無。

慌張之際，左邊那塊巨岩上竟顯出似朱砂寫成的八個正楷毛筆字：欲求因果，誠心相求。

此時也顧不及哪塊是來生，哪塊是前世了。她心想：管他的，這塊就這塊吧！

她當作是向神明拜拜祈願，雙手合十地向巨岩報上自己姓名、生辰，接著一股腦地簡要告訴祂，來此想調查的是哪些案子，希望祂能顯示自己前世與案情相關的經歷，讓她能從中找到線索，早日破案。

她才剛說完，巨岩又閃起遊彩，開始浮現一幕幕令她心神大為震撼的畫面！

第五章
視角

建築古意盎然的廂房之中，一個身材纖細、穿著白色蕾絲長洋裝的女子趴伏在西式的雕花木桌上啜泣不已，柔順的長髮隨著身子的顫抖而自肩頭傾瀉而下。

「大小姐！」一個聲音稚嫩、年約七、八歲的小女孩，手拿著一封信，推門跑進廂房之中。著急之下，連進門前先敲門的規矩也忘了。

她衝到書桌旁，見大小姐趴在桌上，便輕輕戳了幾下她的背，小聲問道：「咦，大小姐妳在睡覺啊？」

大小姐抬頭，年方二十出頭、面若桃花的姣好臉蛋正哭得梨花帶淚，口氣卻有些無奈：「唉妳看不出來我在哭嗎？妳怎麼總是這麼傻！教都教不會！」

「啊！妳在哭啊！」女孩一聽，又更焦急了，「那怎麼辦啊！這信很急、很重要！妳快點哭完，趕快看吧！」邊說，雙手邊把信呈給大小姐。

「不看！通通都不看！妳別煩我！」大小姐把她的手推開，有些驕縱任性地說，「我收拾一下東西，待會就走！妳別跟大家說，尤其是媽媽！我恨死她了！」

「大小姐，這信妳一定得看！是賴大哥要我轉交給妳的！」小女孩堅持道。

大小姐一聽到她提到「賴大哥」三字，嗖地一下站起來，又驚又喜地叫道：「世芳！是世芳！快給我！」

她以手絹抹了抹淚，抽走小女孩手中的信，難得動作粗魯地扯開信封，將裡頭的信紙攤開讀了起來。

小女孩很是好奇，墊起腳尖、伸長了脖子也想看信。大小姐目光雖未曾離開信紙，仍像是察覺到她的動作，一把將她拉過來坐自己腿上，兩人一塊讀信。

信裡字體端正之中又有些飄逸，內容寫道：

「若梅，我一直都知道自己高攀了你們陳家。像妳這樣好的女孩，我如何配得上？我想，這段感情是很難有圓滿結果了。如果妳不怕未來吃苦、不怕得不到家人的祝福，我一定竭盡所能，一輩子對妳好！但我這樣的想法是否太自私了？唉……眼下正好有個賺大錢的機會，我決定加入碧砂漁港這裡的一支遠洋船隊，出海搏他一搏！三年後歸來，若妳已結婚或心裡另有他屬，我一定全心全意祝福妳！但如果妳仍然心意不變，那到時候我也有能力可以風風光光地娶妳入門了！船要出港了，珍重再見！愛妳的世芳筆。」

「哎呀，這寫的是什麼啊？好多『妳』、好多『我』啊！」小女孩搔著頭急道。她才從若梅那學沒幾天字，通篇認得的字沒幾個。

雖然陳家龐大的家業不包括漁業，但陳家五個孩子自小都跟在父親身邊學習經商之道，而若梅更被視為是接班人加以栽培。日久之下，耳濡目染，自然也通曉各港埠幾個重要產業的經營方針。是以她立刻瞧出其中蹊蹺。

「這不對啊！他到底是……」大小姐蹙起眉頭，面色憂慮道，「小環，快點，去幫我打包行李！」

她先是要小環快速收拾簡單行囊，自己又從床鋪下方的保險箱中取出不少現金、貴重物品，塞進行李袋中。

兩人很小心，小環先探頭環視一圈，等到後院沒人時，兩人才抓緊時機，匆忙從後廂房離開，牽著腳踏車走北門，也就是後門出府。

一路上，若梅跟小環解釋道，她那不被家人認可的愛人——賴世芳想靠討海發財，那肯定是走遠洋。但是季青島遠洋漁業的重鎮是在島嶼南方的港都「鬥蛟」。再者，就算真的是在最近的雨都「霄鵬」埠口，那也應該是從「正濱漁港」出海才對，「碧砂漁港」因吞吐量不足，停泊的船隻皆走近海、沿海，世芳如何能從那裡跑遠洋的船？

退一萬步說，遠洋船隻通常由資本雄厚的船隊把持，一趟出海短則三年、長則五年，選人用材馬虎不得，世芳如何能在短短時間內以文科背景被錄用？況且，海上狀況凶險、水手又多狠戾，他一介書生如何經得起這番折騰？

「咦，那這樣不好嗎？賴大哥會不會糊裡糊塗搭錯船，幾天之後就回來啦？」小環天真地想道。

「唉，但願他不是騙我，藉口出海，實際上是要我死了心……」若梅又憂又愁地說。

＊＊＊

甫入夜，天空自萬千彩霞轉成海一般的靛青色，濛濛細雨如針似線，逐漸將海天縫成一片無光的黑暗。

三五成群的鄉民們聚在碧砂漁港附近，一條老舊巷弄中的廢棄磚厝外，舉著火把，竊竊私語著。

一台黃包車忽地停在巷口，負責伺候陳府王冬梅的玉姨，牽起提著燈籠的小環，兩人先後下車，與拉車的傭人阿杭一同快步走進巷裡。

三人才來到鐵皮屋外，同為陳府傭人的阿枋，正巧推開圍觀鄉民，從屋裡走了出來。

「啊！你們終於來了！」阿枋一看到他們，急忙迎上前，鬱結的眉頭這才稍稍鬆開了些。

玉姨先是要阿枋留在外頭顧著小環，與阿杭提著燈籠一同入內。小環不明白自己為何突然被玉姨帶來這裡，見兩人都進屋子裡，不少鄉民又湊在門戶外往內望看，便立刻取來幾塊紅磚堆在牆邊，站在上頭，跟著鄉民們一起往破窗內窺探。

裡頭光線很暗，小環隱約看見一人縮在角落，不時發出幾聲意義不明的字句。

隨著玉姨與阿杭小心翼翼前進的腳步，燈籠的橘紅火光也逐漸由門邊往深處照亮四壁。當光線蒙上蹲在牆角的人的臉時，裡頭隨即爆出一陣淒厲的尖叫聲。

「大小姐！」小環認出裡頭歇斯底里的人，連忙跳下磚堆，往屋內跑去。

屋頂塌了一大半，打著赤腳，滿身瘀青、傷口的若梅被雨淋得全身濕透，看起來可憐兮兮地縮在牆邊，冷地直發抖。身上華貴的衣裳如今幾乎成了碎布，頭髮全糾結塌貼在身子上。要不是被四處打聽、尋找的人手給發現，誰有辦法認出眼前這個乞丐一般的女子，是陳家的嬌貴千金？

「大小姐！」小環不懼若梅的尖叫聲，硬是撲向前、抱得死緊，「大小姐不怕！小環在這！小環保護妳！」

若梅愣了一下，看清抱著自己的小女孩，淚水馬上便嘩啦落下。她的雙眼佈滿血絲，臉上也有幾處瘀青腫脹，看得令人好生心疼。

「妳有沒有看到世芳？」若梅面容悽楚地問道，「妳有沒有看到他？」接著開始哭叫了起來，「世芳——你在哪——我找你找得好辛苦！你在哪啊——」

小環搖搖頭，說道：「當然沒有啦！我還以為妳也跟著出海捕魚了呢！」接著臉氣得紅通通地說，「是誰把妳打成這樣的？到底是誰，敢打我們家大小姐！」

「啊——」若梅似是受小環的話給刺激，忽地拔聲尖叫，胡亂拳打腳踢，令現場眾人嚇了一大跳。

小環霎時也給嚇哭了，一時之間也不知躲，幸好玉姨連忙將她給拉過來，雙臂護著，這才沒受到無妄之災。

小環錯愕地望著若梅癲狂的眼神與舉動，難以相信眼前這個女人真的就是那個平時冷靜機智、有些頤指氣使，卻又待她溫柔如母親的若梅。

她再次離家出走之後，到底發生了什麼事啊？她心裡納悶道。

「大小姐她……怎麼……」小環支支吾吾道。

「唉造孽啊！」窗外一個朝內觀探的大嬸嘆道，「好好一個黃花大閨女，怎麼就這樣被人給輪……唉！可憐啊！」

「就是說啊，」另一個女子附和道，「妳看，這下子人都瘋了！」

小環當時尚且年幼，全然聽不懂那兩個女子說的話，疑惑地抬頭看著玉姨。玉姨感受到她的視線，卻是面色凝重、不發一語，只是輕輕撫摸著小環的頭。

「閉嘴！」阿杭對著她們罵道，「少在那邊嚼舌根！」

阿枋跟著喝斥：「今天這事誰要是敢傳出去，就是跟我們陳家過不去！以後也別想過日子！」

眾人聞言，頓時噤聲，你看我我看你，都不敢再多說。

屋內，若梅緊緊抱住自己，激烈地顫抖著，像是處在極端驚恐的狀態，又像是陷入了永無春融之日的冰淵之中……

＊＊＊

三生石上流動的畫面變得好模糊。站在石前，淚水漸漸迷濛了潔弟的視線。

說也奇怪，像是之前喝的孟婆湯突然失效一樣，看到過往雲煙，她腦海中的前世記憶竟一點一滴地湧現而出，而她對若梅也越發同情。

從小養尊處優的若梅，何曾在外頭吃過一丁點苦。誰知她為了愛義無反顧，最後卻落得這樣淒涼悲慘的下場，如何令人不勝唏噓。

她不知道這些經過與那些案子有何關聯，但她相信三生石。

在它閃現片段畫面之前，她腦中飛掠過無數的亡者，卻完全猜不出自己的前世會是誰：究竟是毫不重要的路人，抑或是舉足輕重的關鍵人物？

當她看到第一段畫面時，一度以為自己是陳若梅，直到她注意到自己的手。

小小的手掌卻滿是風霜，長滿了粗繭凍瘡。那是一雙下人的手。

這時她才恍然大悟，難怪畫面中出現了這麼多人，卻唯獨少了一個。原因就是這些景象全出自於那個人的視角。

小環的視角。

「原來……我是……」潔弟睜大雙眼，愣愣地自語，「小環……」

大道無情，不顧觀者的錯愕，三生石仍兀自顯現前世的片段……

第六章 故人

清幽的狹長庭院之中，若梅牽著小環步過小石橋來到正廳。

若梅因久病未癒，長期服藥的結果，皮膚變得有些乾黃，體態也消瘦許多，看來有些衰老。但難得小環登門探望，眉開眼笑的她，明顯心情相當愉快。

還沒入座，小環立即從懷中拿出一小包東西遞給若梅。

「這給妳！」小環眼睛瞥了一圈，小小聲說，「噓！妳快吃！我只買一個！」

若梅只消看一眼，便知道這包得仔細的報紙裡頭，裝的肯定是她喜愛的胡椒餅。而且是金山鎮遠近馳名的魯大發胡椒餅。

「說過多少次了，」若梅語氣有些責怪，「別老是破費買東西給我……」她邊說邊口嫌體正直地將熱呼呼的胡椒餅送入口中，霎時露出心滿意足的表情。

小環看若梅微笑，心裡也很是歡喜。

她眼睛轉啊轉的，注意到若梅離群索居的屋舍裡外皆窗明几淨，比她以前伺候若梅時來得井然有序，不禁佩服起能幹的小雀，想著：有她陪伴大小姐，我就放心了。

轉眼間，若梅便將胡椒餅吃個精光，以手帕輕拭嘴角，這才又開口與小環閒話家常。

「坐啊，傻愣在那裡做什麼？」若梅又說，「這才幾個月不見，妳好像又長高了？」

「有嗎？」小環低頭看看自己，「我沒發現啊。」

「妳今年也已經十二歲了吧？」若梅說道，「再過幾年就要嫁人了，可有喜歡的對象？」

小環搖搖頭。她對愛情還似懂非懂。更何況，每天光是打雜、做粗活就夠她忙的了，哪還有時間想這些。

「我已經幫妳備好嫁妝了，」若梅拍拍她的手，笑著說道，「只要妳想嫁，哪怕丈夫口袋窮得叮噹響，這婚事也能辦得體面。」

這一席話令小環頓時熱淚盈眶，視線再次模糊。

那個年代女人普遍早婚多子。大小姐已年近三十，這個年齡的女人大多早已為人母，若有能力供孩子唸書，長子至少都念到國中了。

而若梅不但此時仍待字閨中，更是情路坎坷，卻還想著要為小環將來的終生大事安排，如何讓小環不難過。

雖然大小姐嘴上沒說，但小環心裡清楚，她一定還在等那個失蹤多年的伊人。

想到這，小環不禁怨起賴大哥；若不是他當年出海遲遲未歸，大小姐又怎會尋遍港埠碼頭、大街小巷，不幸遭歹人輪姦，最後抱著碎玉之身，獨居幽院。

若梅見小環一副泫然欲泣的模樣，便刻意話鋒一轉，說道：「來喝點茶吧。」

正巧瓷壺裡的茶都倒光了，若梅便說：「小環，妳去叫小雀燒水添茶，她在後面洗衣服。」

「不用啦，」小環接過茶壺，「我來燒水就好。」

＊＊＊

小環已許久沒進若梅家後頭的廚房，裡頭擺設如今都有了些改變，以前放鍋碗瓢盆的櫥櫃，現在上頭擺著琳瑯滿目的中藥材。

小環被調回陳府以前，自小便隨侍若梅身旁，常上藥房幫大小姐抓調理身體的中藥，回來炊煮，多少識得普遍常見的中藥材，譬如當歸、川芎一類。

但這裡頭有些藥材她卻看得眼生，一時好奇便拿了幾樣下來端詳。正當她要將一塊外型如薑的藥材湊到鼻前嗅聞時，一隻手突然將那藥材給搶了過去！

「咦？」小環愣了一下。

來人正是小雀。她皺著眉頭，輕捏小環的鼻頭一下：「妳可別亂動藥材，到時搞混了可怎麼辦？」

「喔喔，對不起。」小環立刻道歉，但又忍不住好奇問道，「那是什麼藥材啊？我怎麼以前都沒看過。」

「這啊，叫『地黃』。」小雀將藥材放回櫥櫃上正確的紙袋中。

「那這個呢？」小環指著另一袋裡頭，好幾串鮮豔的紅色果實，「看起來好像很好吃的樣子。」

「『馬桑』。」小雀叮嚀道，「妳可別趁我不在的時候偷吃啊。這都是準備給大小姐熬的。」

「喔。那這個呢？是不是開心果？」小環想了想又說，「唔，我看它也長得像棗核。」

「傻孩子，那叫『巴豆』。」小雀答道。

「巴豆！」小環叫了起來，「巴豆不是有毒嗎？」

「是藥三分毒，無毒不入藥。」小雀神情自若地說。

她向小環解釋，中醫所謂的「毒」並非指藥材有無危害，而是泛指藥性的強弱、剛柔、急緩。大凡藥性猛烈便謂之有毒。

中藥就是以各種藥材的「偏性」，來糾正、協調人體之陰陽氣血。再加上中藥的炮製方式既可為水制、火制，亦可為水火合制等，透過正確的炮製，可使藥材達到合適的藥性與作用。

「原來是這樣啊。」小環點點頭，對小雀的佩服又更多了些。

「這水我來燒就好。」小雀將小環手中的茶壺接過來，「妳難得來，還是多陪大小姐聊聊天吧。」

小環一聽，也覺得有道理。連忙道了聲謝，便一溜煙地跑出廚房。

＊＊＊

三生石前的潔弟一看這小雀的反應，便覺不妙：明明就精通用藥……這女人城府很深啊。講這種似是而非的話騙小孩子。等等，這些中藥該不會……

接著她茅塞頓開：啊！怪不得陳若梅到後來身體越來越差、精神狀況越來越不穩定！原來就是這小雀在搞鬼！但是她沒事毒人家幹嘛？

潔弟總覺得這背後應該還暗藏什麼陰謀詭計。還沒想出個結論，三生石上的畫面又一轉，倏地陷入一片黑暗……

＊＊＊

深夜，抱枕獨眠的小環忽地在睡夢中被驚醒。

她起身，踮腳悄悄走到房間西邊的窗櫺，向外看去。裙房外頭黑燈瞎火，僅靠昏暗清冷的月光，勾勒出甬道朦朧的輪廓。

又開始了。

隔著東廂房，內院裡總是先傳來女人嗚嗚咽咽的壓抑哭聲，接著是幾下「唰——唰——唰——」不規則的重擊聲。

那一下又一下的聲響，在空寂的夜晚聽來額外驚心。

這些天下來，小環發現，每晚的重擊聲總是不多不少，剛好九下！

她嚇得全身發抖，總覺得庭院裡好像每晚都在上演多年前除夕夜那晚的滅門斷頭慘劇！

事情還沒完，隨著九下重擊聲結束，內院外圍的廂房樑柱和屋頂，往往會開始出現那種因大火焚燒、受熱而劈哩啪啦的爆裂聲，與她當年在火場中看見滿地無頭屍體時，聽到的聲音一模一樣！

最後，這番異常的動靜也總會以木柱垮落、屋頂傾塌的巨響作結，再次回歸尋常時的悄無聲息。

她怕，怕死了。可是她沒有地方去。只能又溜回床上，縮在床頭，期盼雞鳴日頭早點來臨。

沒想到，更加詭異的事情發生了！

「咿——」裙房的門扉竟突然被由外往內推開！

陳府上下，如今只有小環一人，她如何能不害怕，立即緊閉雙眼，發抖地默念佛號，祈求佛祖能保護她。

「小環……」一個女人的聲音喚著她，熟悉卻有些空靈，「別怕……」那聲音似遠又似近，飄忽不定，「是我……」

小環整個人呆住了，有那麼一刻反應不過來。

「張開眼睛……看看我……」祂說道。聲音近得像是靠在她耳邊低喃。

小環怯生生地將眼睛張開一條縫，一個長髮及腰、穿著白衣、有些半透明的人影側坐在床邊。

「大小姐！」小環雙眼一瞠，驚喜地叫道。伸手撲向前想抱祂，卻撲了個空，「咦？」

若梅莞爾一笑：「我早就死了，妳忘了。」

「大小姐！」小環鼻酸，忍不住啜泣了起來。

她一時千頭萬緒，有太多、太多話想跟若梅說，但話到了嘴邊，卻又什麼都說不出口。

「唉……」若梅溫柔安慰道，「別哭，這些年來，我已陸陸續續取了幾條狗命。只可惜……」

「啊？」小環沒聽明白。

若梅似乎也不想解釋，只道：「小環，有四件事要妳幫忙。如果可以，按照順序盡快完成。這對妳、對我，都有好處。」

其一、若梅故居門外，那株藏著備用鑰匙的梧桐樹下，埋著一把鏽劍。那是爸爸在若梅生前託人予她的。當時，隨劍附上的信裡寫道，日後若不幸府上見血，則需將劍轉藏至陳府後廂房之中，其殘餘戾氣至少能辟邪三十年，定能保府上安寧。

其二、祝融之災後，正廳與東、西廂房三處須盡快拆除。其殘存木材皆相當值錢，若悉數變賣，足夠小環幾十年衣食無虞。若有需要，陳府上下全數拆除變賣亦可。

其三、內院亭台水榭不能留，盡快澈底改建。上頭最好改設為多間廁所。屆時，小環便能明白斷頭案之背後玄機。將來若有機緣，或許還有機會能為若梅平反冤屈。

其四、陳府須有人氣，越多越好。

「切記，」若梅最後特別叮嚀小環道，「獨居不如棄所，以免惹禍上身。」

第七章
求見閻王

周遭一片黑暗，空氣中是白茫茫的迷霧，眼前這位膚色白到泛青、外貌打扮貌似商人的陌生中年男子，手持惡臭難聞的燭火，朝小環一步步走來：「憑妳命格，我將所向無敵……但這移魂祕術須以活祭……」

「走開！你不要過來！」小環邊叫邊退。聲聲是無比的驚恐。

「痛苦只是一時的……」鬼術師德皓說道。

「你……你們……」小環看向他與周圍幾個黑衣男子，「到底是誰？」

「來，只要妳乖乖配合……我保證不傷妳三魂分毫……」德皓步步進逼，手上不知何時多了把畫滿符號的白森森骨刀。

「我不要！」

「能充當我的皮相……」德皓眼睛閃著冷酷的寒光，「是妳前輩子修來的福氣……」

小環想跑，雙臂卻冷不防被身後兩名黑衣男子架了起來。她使勁扭動踹踢，卻怎麼也掙扎不開。

「不要！」小環慌道，「放開我！」她很快就發現自己脖子上戴著一個香包似的陌生黑囊，又是一驚，「這是什麼？為什麼會戴在我身上？」

「這……能保妳不被祂們撕成碎片……」德皓食指朝上劃了一圈。

小環抬頭張望，只見四周的迷霧中，漸漸浮現一道道黑影，在他們周圍如海草般來回晃悠。

「大師，」一名持手槍的黑衣男子東張西望，眼神略有不安，「我們是否先轉移陣地，晚點再來處理她？」

「懂什麼！就是要在此地作法才有大用！」德皓輕蔑地說，「這塊地……天地獨鍾，底下龍氣奔流……怪不得陳山河這廝興宅於此……不過水能載舟，亦能覆舟……若非這塊寶地……也施不出這迷陣……嘿嘿嘿……」他不懷好意地撇了撇嘴，「挖完了嗎？趁熱……將其埋入四榰之下！嗚呵呵呵……」

小環一時還不明就裡，等到她看到幾名黑衣人提著一袋滴著血的麻布袋，將裡頭數量眾多的小眼珠子倒入一根粗黑木榰下的土坑，當即意會了七、八成，只是她不願相信自己的猜測。

「那是……那是誰的眼……」小環感到一陣反胃，心裡又懼又悲痛，哽咽地說不下去。

「怎麼？心疼了？嗚呵呵呵……」德皓再次笑出聲，「我要那賤女人永世不得入村！」

德皓說罷，轉身立即開始施法。他先以一把刻著繁複符號的長柄骨劍挑起一張黑符，將之點燃，隨即一邊凌空比劃、踏罡步，一邊喃喃念起：「活童之瞳以結魄契……」他從袍中取出一只黑土罐，將罐中熱血與符灰一同淋在他們身邊的一根黑木榰上，「冥瞳引老梅生者入府，煉外人、諸鬼骨魄！」

「大師，如果老梅村人不怕這霧陣，硬要闖進來攪局怎麼辦？」另一名黑衣男人問道。

「到時，我自會再施法……讓霧魄無法辨其身分……一律將之視為外人而殺之！」德皓答道。

小環雖不知德皓用意，卻也直覺此番舉動絕非好事，忙喊道：「你們到底在做什麼？」

德皓不正面回應，只扭頭過來看她：「別怕……只要讓我上妳的身，我們便可永生不死不病，誰也無法傷我們分毫……難道妳不想嗎？」

儘管他語帶引誘，小環仍頑強抗拒，忽聞熟悉女子的聲音自天上傳來：「不要答應他，小環！」

小環抬頭一看，欣喜道：「大小姐！」

若梅衝到小環與德皓之間，大聲非難道：「快住手！你又想施什麼害人的法術！」

接著祂看見一名黑衣男子手上提著一袋盛裝眼球的麻布袋，煞是氣憤，當即周身泛起邪戾的綠芒：「你們這些殺人如麻的人渣！」

「嗚呵呵……」德皓笑聲猶如夜貓子啼叫一般，令人毛骨悚然，「祢這賤女鬼也不容小覷……我們多少人馬折在祢手中？只怕今後……」他骨劍一揮，劍尖指向府牆外頭立著的那根黑木杜，胸有成竹地說，「也由不得祢從中作梗！」

若梅見狀，當即氣焰萎靡，失聲叫道：「定魄樁！」

「嘿，」德皓冷笑一聲，「幾年前自己送上門來……沒能毀了祢，反倒讓祢長了見識……」他將一把深色粉末灑向木樁，開始搖起三清銅鈴，「起！」

煉魄鎮村之術一成，原本霧中游魚似的黑影霎時如浪潮一般，全從四面八方蜂擁而來！數十道黑影頃刻間便將定魄樁團團包圍，其身形不停抽動、向外揮舞，像是被其牢牢吸住而無從脫身。

其餘黑影連綿不絕地攻向若梅，祂遍體青光陡升，頭長出雙角，嘴出獠牙，利爪一揮，便將黑影雙雙撕得粉碎！

然而持續撲來的黑影不計其數，被圍困的若梅陷入苦戰，轉眼間便已傷痕累累。

「大小姐，妳快走啊！」小環著急地對祂叫道。

「不！要走一起走！」若梅回喊。

「笑話！真是笑話！」德皓嘲諷道，「一個傻女人、一個賤女鬼！死到臨頭，還癡人說夢！」

「暫時留你和那畜生兩條狗命，別太囂張！」若梅張牙舞爪地嚷道，「就算我無計可施，老天也會來收拾你們！」

「老天？嗚呵呵呵……」德皓仰頭，狂妄大笑，「待我換了新的肉身……我，就是天！」

「換肉身……」小環像是領略到了什麼，瞳孔忽地放大。

「時辰就要到了！」德皓走到小環跟前，「快，聽話……」

「好，我答應你。」小環點頭，「可是你得答應我，讓大小姐離開！」

「那是自然。」德皓皮笑肉不笑地說。

「現在可以放我下來了吧。」小環又說。

德皓上下打量了小環一番，便說，「諒妳也耍不出什麼花樣……」接著朝兩個架著她的黑衣男子擺一擺手，示意放開。

小環左右兩位黑衣人一鬆手，她隨之落地。剛站穩腳步，德皓已然站在她跟前。兩人面對面的瞬間，小環一手扯下黑囊，將其丟得老遠，另一手趁機搶走德皓那柄骨劍，毫不猶豫地抹頸自盡。

「我的皮囊！」德皓慘叫道。

「不——」若梅大聲哀嚎，兩行清淚霎時滑過祂的臉頰。祂想衝過去救她，卻苦於破不開黑影的圍堵。

小環視線中霎時濺出鮮血，黑影隨即如嗜血惡鯊將其重重包圍，爭先恐後地撕咬起來，任憑德皓如何揮劍斬殺，還是前仆後繼地扯裂狼吞她的皮肉！

＊＊＊

潔弟目不轉睛地盯著三生石上快速飛掠的畫面，終於看明白其中曲折。

迷霧初降時，村內不僅有著時空歸零頻率不一的區間，霧本身也會慢慢消耗掉所有生人，將其骨肉血水，都給抽煉成無思無識的「煉魄」。恐怕只有配戴噬靈符，才能逃過一劫。

待臭豆腐德皓那招埋眼淋血的邪術既成，迷霧便會負責指引老梅生人安然無恙地入陳府；而依賴霧氣的煉魄，便會針對外人以及所有尚未被霧氣洗煉過的魂魄，加以吞噬剎盡。

潔弟心想：這麼說來，當年的幕後主使者，應該就是老梅人！

接著又想道：難怪。原本進村的時候，霧中都會自動開出窄道指引我到陳府；當我們從陳府出村的時候，迷霧卻不再幫我開道。一定是被這鬼術師德皓察覺有人進村，又暗地裡對霧陣動了手腳！

而當她看到小環自盡的那一幕，頓時感同身受，雙手下意識地摸著脖子。

透過小環的視野，親眼見到自己前世死亡的瞬間，軀體遭數百煉魄爭搶分屍、狼吞虎嚥，感到萬分顫慄與悲憤。

一眨眼，三生石的景象又改變了……

＊＊＊

陰曹大殿之上，兩側各站一排武官，其或佩劍戟，或持棍鍊。樑上高懸匾額「善惡昭彰」。而紅毯盡頭，石階之上的高臺，空懸著幾盞明亮燈籠。

隔著血紅柵欄，五殿閻羅王背靠龍壁，身著朝服坐於大案之後。其案左右又各安四桌，皆為協助審判之司官。

閻羅王身形極為高大，鬚髯及胸，雖有王冕珠簾遮掩，仍看得出其貌兇惡，令人望之生畏，不敢直視。周身散發著一股威嚴肅穆的強烈壓迫感，氣勢之逼人，往往震懾文武百官，令所有亡魂惡鬼心驚膽寒，不敢欺言犯行。

小環被兩個青面鬼差帶至公堂之上，於距離石階約三公尺之處停下腳步。兩個鬼差隨即各自往左右兩側退開。

「來者何事？」閻羅王開口，聲音雖低沉且緩慢，但整個大殿樑柱都為之震動。

「稟大王，」位居其左側的陰陽司藍袍判官答道，「良民陳小環，生前行善積德無數，卻慘逼自盡。經臣澈查，其中的確情有可原，故本欲先發落枉死城。但祂願以來生一切福報，換取早日投胎之機緣，以求能盡快為其他遭誣陷枉死者翻案、洗刷冤屈。」

「喔？」閻羅王饒富興味道，「這可真是稀奇！本王掌五殿已逾千載，審過亡者億萬，這種請求卻聽聞不到百次……」祂轉頭詢問藍袍判官，「愛卿可確定陽間真有冤案？」

「確有此事。」藍袍判官一揖，低頭說道。

「嗯……」閻羅王撫鬚，「凡為非作歹之人自有果報業力，又何苦非要為他人爭個清白？」

藍袍判官答道：「臣以為，公道不能只在人心，需要開誠明辯；正義不能只待陰審，需要現世伸張。否則一個沒有正義的社會，世人無所依倚，如何還能安居樂業？再者，陰間審罰向來為陽間法網疏漏亡羊補牢，然而日積月累下來，陽間善人反而寄託報應而無心自助或助人；惡人又因不受制裁而越發肆無忌憚。若陰間能促成陽間大行公義，方能早日撥亂反正。如此，六道輪迴與因果循環之重擔也可大幅減輕。」

「嗯……愛卿此番話甚是有理。只是，世道既衰，人心不古……」閻羅王和顏勸小環道，「陽間司法判決背離正道也是尋常之事，陳小環祢又何必自討苦吃？」

第八章
緣滅緣起

「我……」小環雖懼怕在心，但仍鼓起勇氣說道，「我死前曾答應過大小姐，一定竭力為她伸冤。既然答應了人家，就應該做到！還有生前曾承辦陳府斷頭案的兩位警察大人，他們怎麼可能會是匪諜呢？只怕是同樣遭人誣告、滅口！我無論如何，也不能視而不見！」

「兩位警察？」閻羅王皺起眉頭。

「稟大王，此為口誤。」藍袍判官立即呈上生死簿供查閱，「應為一刑警、一檢察官才是。」

閻羅王瞥了一眼，開口說道：「嗯……只不過……陰陽素不相犯……」祂竟有些心軟道，「即便本王破例允小環祢早日投胎，祢又是否真能得償所願？別忘了，祢在喝下孟婆湯後，便會忘卻前世記憶。到頭來，人事已非，仍舊是竹籃打水一場空。」

小環下了十二萬分的決心，悲壯地說：「若真如此，我願下輩子做牛做馬，只求再換得一次為這些冤死之人平反的機會！」

「此話當真？」閻羅王有些啼笑皆非地說，「實在是精衛填海啊。祢如此堅定，是否因相信人間尚有正義之故？」

「是！我相信人間一定有正義！」

「倘若沒有呢？」

「如果沒有，那我就把它找回來！」小環毫不畏懼地抬頭看向閻羅王，熱血激昂地說。祂那直指人心的澄澈眼眸，令閻羅王與諸位判官明顯動容。但過往經驗明擺在那，轉世為故人洗刷冤屈，這希望如鐵樹開花，實為渺茫。

「眾卿以為如何？」閻羅王面色為難地問道。

在場幾位判官想諫言閻羅王秉律而行，不應為此破例，可同時又因小環而深受感動，是以一時之間皆默不出聲，只是蹙眉搖頭，嘆陽間正道運行之不易。

「小環，縱使是本王，也不會輕易逾越陰間法紀。」閻羅王正色道，「祢的一番心意雖彌足珍貴，卻無半分把握，本王如何能為祢破例？倒不如忘卻此事，待命定陽壽之日到了，再投胎好好做人、享受福報吧。」

閻羅王雖言詞誠懇，但本身威儀萬千，令小環好生害怕，心裡不從，卻又為其氣勢所迫，不敢說個「不」字。正兀自心急，殿上藍袍判官忽地站起身，朝閻羅王打躬作揖。

「臣，願以烏紗帽為陳小環擔保，斗膽請大王允准。」藍袍判官鄭重地說。

「卿何以如此糊塗，知其不可為而為之！」閻羅王冕冠珠簾一晃，面色微變，「況且卿原放棄投胎，改司陰曹，以求庇蔭宗族子孫，並得轉『運蓮』一回。倘若卿為其擔保，依陰間律例，陳小環宿願未成，卿便得下孤獨地獄，直至原官職任期結束！」閻羅王拍案怒問，「卿可知其輕重！」

剎那間，閻羅殿因其聲而天搖地動，陳小環與諸陰差被其怒氣一掃，紛紛如狂風落葉般，猛地飛墜於公堂壁角，疼痛難當。

藍袍判官頗有泰山崩於前，面不改色之氣概，仍是慢條斯理地說：「臣，清楚。」

「既然如此，」閻羅王雖滿臉怒容，仍心軟納諫，「本王，准了。」

「謝大王！」藍袍判官又是一躬。

「卿既心意已決，後果當自負。」閻羅王斜睨一眼，吩咐道，「『見錄司』判官聽令！」

「臣在。」殿上位於藍袍判官左側，身穿靛青色官服的判官應道。

「將『善惡紀錄簿』中，陳小環之善果，全數一筆勾銷。」

「臣遵旨。」

「『改原司』判官，不論陳小環投胎何處，改其魂籍於老梅村，以增其與該村之緣。」

「臣遵旨。」左側末位褐袍判官答道。

「謝大王成全！」陳小環淚如雨下道。

「速報司掌奏判官，行文至十殿薛君，請其速安排小環投胎。」閻羅王下旨道。

「臣遵旨。」右側第一位紫袍判官應聲，「敢問文中是否載明，請轉輪王令其投生至季青島？」

「不必。此番作為已是破例，且莫再干擾輪迴之運行。薛君自會為其作主。」

「大王審判、安排如此煞費苦心！有大王在，實是萬民之幸！」紫袍掌奏判官誇道。

「行了，滿口阿諛奉承。」閻羅王白祂一眼，「本王還沒昏庸到如此地步。」

「臣知罪。」紫袍掌奏判官稍作一揖。

「免了。」閻羅王擺擺手，又道，「為避免諸官日後再行干預此事，待薛君送小環投胎後，本王當立即消除在座眾卿今日之憶。」

藍袍判官知閻羅王此番話實是在訓誡自己，立即說道：「大王聖明！」

「此事就這麼定了。傳下一位！」

閻羅王高舉驚堂木，重重落案，畫面隨即一滅……

＊＊＊

三生石恢復原有的瑩透，不再顯現前世的景象。潔弟站在石前，感到錯愕不已。

陰曹官員任期中的「一期」是凡間一百年。屆滿才能再續；至多三期，也就是凡間的三百年。期間若是中斷，則須下『孤獨地獄』受苦，直至期滿。

潔弟沒想到剛才在禁丘遇到的藍袍判官，當年竟然會為了助自己一臂之力，甘願這樣來跟賭。

她心裡納悶道：祂是不是上輩子欠我很多錢？

出乎意料的是，中間這塊今生岩竟緊接著前世石亮起如虹光彩！

畫面中，吳常在潔弟眼前斷氣，而下一幕便是她自己「再度」自盡而亡！

「怎麼會！」潔弟震驚道。

今生石的畫面陡然一消，她才發覺自己熱淚盈眶，正驚魂未定地喘著氣。實在難以置信，自己這輩子竟然也會以自殺告終！

隨即又想：那我們到底在死前找到斷頭案的兇手了沒？難道這麼多人的犧牲和努力，還沒辦法將真兇繩之以法嗎？

她難以接受這個結果，心情頓時跌到谷底。

今生石上倏地出現四個紅字，一閃即逝：緣起緣滅。

緣？潔弟愣愣地看著三生石，思潮開始猛烈起伏。

想起老道陳山河在她六歲時帶她進的執念，又想起她前陣子帶團到金沙渡假村入住時，某夜找上門的陳氏女鬼……

忽然之間，許許多多駭人心弦的經歷通通都有了交集。她像是開竅似地，理清了諸般千絲萬縷，明白一切因由。

「心灰意冷了？」藍袍判官忽地出現在潔弟身後，問她道。

她搖搖頭，抹去眼淚，心裡仍十分激動。

「難道妳不信命運？」

「我相信命運啊！但誰說它不能改的啊！」她轉身對祂說道。

「唉……事已至此，娃兒此番返回陽間，盡力便是，毋須執著。凡事但求無愧於心，一旦緣滅，縱使諸般不甘又奈何？」

藍袍判官向潔弟解釋道，每個魂神投胎轉世後，不論是人是畜，甚或竹石一類，都是懷著宿願到陽間。陰間稱此宿願為「緣起」。若該世無法完成宿願，則死後仍會萬分記掛，即便喝了孟婆湯，遺忘記憶、了卻情仇，到了下一世，仍會在冥冥之中，走向追求宿願一途。

然而，宿願往往難成，許多魂神生生世世都苦心追逐，卻仍無法如願。

可惜人間「靈魂不滅」的說法並不正確。魂神雖可乘願，歷經輪轉，但仍終有期。若非於陰間當差或違背天道，正常輪迴的情況下，不多不少正是陰時的九期，也就是陽間幾世累計的九百年壽命。期限一到，不論魂神是否完成宿願，皆會當即灰飛煙滅。是以陰間謂之「緣滅」。

而人死成鬼，鬼死成聻。死後的世界又該是如何，即便是閻羅王，也一無所知，自然也就沒人說得清了。

潔弟雖然聽得明白，但只要一想到藍袍判官在閻羅殿上為自己擔保，心裡便更是憤慨堅定：「什麼緣起緣滅！我就偏要逆天而行！爭這個理、爭這個宿願！到時候，看是誰要下地獄！」

藍袍判官露出一抹苦笑，接著話鋒一轉，說道：「妳既已知這其中因果，應當即刻返回陽間。讓我送妳一程吧。」

潔弟忙道：「等等！我還有幾個人想見！」

「莫非是在枉死城？」藍袍判官酌度道，「不論是善終城還是枉死城，城內居民皆逾億萬，人海茫茫，妳從何找起？」

「這個嘛……」她搔了搔頭，剛才確實沒有想到這點，「對了，祢不是有生死簿嗎？上面沒寫啊？」

藍袍判官搖頭說道：「這些並非記在生死簿中。」

原來人死之後，除非經地府審判，生死簿才會記載其判決與發落。若是遲未到地府報到的人間遊魂、尚在黃泉路上或暫居於枉死城中的亡者，生死簿上是不會記載下落的。

即便是那些放棄投胎，願居於善終城之陰差與良民，生死簿也僅會註記「居於善終城」寥寥五字，無從知曉其居何處。

若是要明確知其住於哪個街坊，則須向『來錄司』借閱清冊，方可查之。

潔弟苦惱地想著：這下麻煩了，原來以為可以去找那些斷頭案的受害者，說不定祂們知道兇手是誰。

「看來，為今之計，也只能盜冊或搶寶了。」藍袍判官沉重地說。

「搶……等等……」潔弟忽然想到：小環在搶刀自盡之前，若梅曾經說過……原來冥冥之中，我們一直都有緣。

「此處暫且安全，小娃在這等，莫擅自離開！」藍袍判官交代道。

潔弟一聽，馬上抓住祂的衣袖：「等一下！我有辦法！先讓我試試！」

「妳難道要去枉死城碰碰運氣？」祂不解道。

她搖搖頭，說：「哪怕只有一次，我也要讓有緣變有份！」

第九章 雨夜花

永恆的夜色之中，禁丘之上，成千上萬、口口無蓋棺材似地的木箱，或立或躺，堆疊出巒巒峰頂。

潔弟與藍袍判官來到一開始進陰間躲藏的地方，尋找方才跟她要糖的那個小女孩。

祂燈籠的火光照亮了每一處暗角。這些囚犯好似很懼怕這青光，一感受到光線便急忙轉身背對，或縮在箱子角落。是以這次在禁丘上找人，沒有像一開始跑上山躲藏時，被手賤的囚犯又拉又扯。

須臾，潔弟便在一處立著的木箱外頭，找到了小女孩的蹤影。祂被關押的木箱，不知是本身往下陷了一半，還是突然被其他堆積起來的木箱給淹沒了，只露出上半部的開口。栓住祂脖子的鐵鍊很長，所以祂能爬出木箱，在外頭遊蕩。

此刻，小女孩正失神地哼著歌：「雨無情，雨無情，沒想我的前程……並無看顧，軟弱心性，令我前途失光明……」祂輕輕地哼唱著，歌聲空靈而幽怨，「雨水滴，雨水滴，引我入受難池……怎樣令我，離葉離枝，永遠無人能看見……」

此刻，小女孩彷彿背後長眼似地，一感受到燈籠的光線，便連忙往祂的那口木箱一躍而下，跳了進去。

潔弟爬上木箱堆，上半身下傾、探進祂的木箱中，伸手拍了拍蹲伏在地上的小女孩：「若梅，是我。」

祂的軀幹雖沒動靜，頭卻像貓頭鷹似地，猛然轉了將近一百八十度回頭看她！

「啊！」潔弟驚呼一聲，差點倒栽蔥地摔進木箱裡。

她心想：果然是祂！這下真是踏破鐵鞋無覓處，得來全不費功夫！

還記得六歲時，老道與老師父帶她進老道的妻子——王冬梅的執念時，老道曾說過，她小時候與若梅長得簡直一模一樣。而當她在禁丘第一次見到祂時，之所以覺得眼熟，便是因為這小女孩長得跟自己小時候的照片很像的緣故。

是以，方才在三生石那，目睹諸多前世片段之後，潔弟便猜測，也許禁丘上的小女孩，正好就是若梅！

潔弟定了定神，決定換個說法叫祂：「大小姐，我是小環。妳還記得我嗎？」

祂緩緩站起身，頭以下的部分也總算跟著轉身面對她。

「小環？」祂偏著頭思考了起來。像是不知道這個名字是誰，又像是不相信她就是小環。

由於身體一直保持彎腰垂掛的方式很不舒服，於是潔弟忙道：「大小姐，祢出來吧，我們不會害祢的。」說完便將身子縮回木箱外。

若梅初時先是探頭出來，小心翼翼地打量潔弟，狐疑地說：「妳真是小環？妳投胎了？」

潔弟還沒回答，她身後看清囚犯面貌與身分的藍袍判官，便先倒抽一口氣，訝然叫道：「陳若梅！」

若梅視線與判官對上的那一刻，也驚愕地尖叫：「世芳！」

接著祂身手矯健如猴一般，立刻攀爬出木箱，朝判官奔去。祂的身形輪廓轉眼化為生前青春年華時的嬌豔玲瓏，與方才小女孩的模樣相距甚遠。

「世芳！是祢！」若梅笑中帶淚地說。祂的臉上滿是喜悅之情。

祂凝視著判官的眼神越是含情脈脈，越是令潔弟感傷又疑惑：若梅死了那麼久，怎麼會不知道陰差的形象都是自己最掛念的人呢？

若梅伸手想撫摸判官的臉，卻在中途就被後者輕輕推開。

「若梅，我不是世芳。」藍袍判官說道，口吻中也是惋惜。

「祢……也不是？」若梅如花的笑靨瞬間凋謝。祂轉頭，面容無比淒楚，低頭喃喃道：「祂們都說不是……但我總希望有一個是……我以為，總有一個能是世芳……」

雖然若梅祂處境堪憐，但眼前還有要緊的正事在等著潔弟，所以她又立即問道：「大小姐，祢還記得我前輩子臨死之前，祢曾經罵那個鬼術師說，『只是暫時留祂們兩條狗命』嗎？那除了鬼術師以外，另外一個人是誰？是不是斷頭案的真正兇手？他到底是誰啊？」

若梅充耳不聞，仍沉浸在自己的思緒之中：「我以為祂能想通的……能放下的……看來祂還是放不下……」祂講到這，苦笑了起來，「我也一樣……」

潔弟實在沒那個美國時間和耐心喚回祂的注意力，便直接朝祂太陽穴的位置伸出手，打算自己看個明白。

除了能進入陰間和混沌七域以外，她還有另一個異能：能透過接觸，感受到靈魂的情緒，還有看到祂們生前的記憶；那些印象最深的片段，往往都是最先浮現的。

可嘆的是，這些記憶有可能是最珍惜、最美好、最溫暖的；也有可能是最害怕、最痛苦、最黑暗的。

當指尖抵著若梅太陽穴的瞬間，黑暗立即將潔弟吞沒，隨之而來的，是一連串撕心裂肺的慘叫聲……

＊＊＊

「怎樣，可以了吧？都上過了吧？」一名男子的低沉聲音自黑暗之中傳來。

「嗯。我們快走吧。」另一名男子說道，語氣有些不安。

「急什麼急！反正我們是拿人錢財替人辦事。如果真出了事，他們怎麼說都得護著我們吧。」一位男子語氣懶洋洋地說。

「欸欸欸，她怎麼沒再叫了？是不是死了？」方才那個不安的男子，這下轉為驚慌了，「怎麼辦，這下死人啦！我是收了錢，可我沒想要真的要她的命啊！」

「噓！小聲點！暈過去而已。」一聲音低沉的男子說道，「反正像她這樣的閨女現在沒死，醒了也沒臉活了，早晚也得跳海自盡。我們何必親自殺她？」

「算了吧，人家不是都說斷掌命硬嗎？還是走之前，給她補上一刀吧。」方才那個男子講話依舊有氣無力。

「嘿，可惜她的愛人命不夠硬，今天才會輪到咱們來替他爽！哈哈哈哈！」語氣齷齪的男子說。

「可憐啊，那人老早就死了，她還一個人在這海港附近找了半年……」男子原本語氣驚慌，現在轉為同情。他對暈死過去的若梅說，「妳要是死了，可千萬別怨咱們，要怪就只能怪妳那些兄弟姊妹心腸太狠！」

「別說那麼多了，我們快走！」聲音低沉的男子又說。

「那也得讓我先穿褲子啊！」講話口氣綿軟的男子道。

「哼，這妞倒還挺帶勁的！一直鬼叫，打都打不死！哈哈哈哈！」

「你們只是按她手倒好，我摀她的嘴，手都被咬出血了！」

「嘿，少在那邊得了便宜還賣乖！都先給你破處了還在那邊！」

突然一陣急促的腳步聲奔至近處，聽起來應是一大群人。

「你們在做什麼！」一個剛才沒聽過的男子聲音大吼道。他頓了頓，又怒喝，「來人啊！快抓住這幾個畜生！」

＊＊＊

下著細雨的夜晚，月光清冷而朦朧，老梅槽一帶，崎嶇的礁岩邊緣處，一個沒有影子的男人臨海站立，眺望著遠方。

「雨夜花，雨夜花，受風雨吹落地……無人看見，每日怨嗟，花謝落土不再回……」他低吟道，語調悲傷地令人心碎，「花落土，花落土，有誰人能看顧……無情風雨，誤我前途，花蕊哪落欲如何……」

海平面上忽地浮出一個深色的汽油桶，載浮載沉。隨著月光被流雲隱沒，而倏地消失在波濤之中……

＊＊＊

看著若梅的生前記憶畫面，潔弟不禁淚流滿面。她認得海邊唱歌的男人。祂就是當年的賴大哥，賴世芳。

如何能不流淚？祂唱的是若梅生前最愛的其中一首歌《雨夜花》。

而他們唱的片段，不就正是對方的際遇嗎？

當年的疑問終於有了答案。原來世芳不是一去不返，祂從來都沒離開過老梅，也再也無法離開了。

無法實現風光迎娶若梅的夢想的世芳，在死後隨即陷入了不可自拔的執念之中。是以祂們雖生死都記掛著彼此，卻從此咫尺天涯，無法再真正聚首。

潔弟心中直嘆：為什麼老天爺要這樣為難這對有情人？明明都為了愛付出所有，不但無法在一起，還遭受如此折磨！

接下來浮現的幕幕畫面，更令潔弟膽顫心驚。

冤死的若梅總算在死去之後尋得真兇與真相。為了保護小環與孤兒院裡的孩子，祂原先想憑一己之力報仇血恨。但祂能找到機會下手的，只有當年的那幫殺手，以及拿錢姦污祂的一群碼頭工人。

真正的幕後主使者，以及其背後的勢力卻在鬼術師設下的陣法下，始終安然無恙，祂根本無從接近，更遑論報復。

若梅恨得咬牙切齒，卻又無可奈何。待孤兒院慘遭屠殺、小環被逼自盡之後，祂已心灰意冷，無法也無心再去報復。只能在世芳出現時，默默地在背後陪伴祂。儘管深陷執念之中的世芳，從來沒發現若梅的存在。

原本機緣巧合，老天又讓祂再次遇到小環轉世的潔弟。

若不是因為她們兩人前世，生前相差十幾歲，也許潔弟會早點想到，她們姊妹長大後也很像。儘管小環不如若梅嬌媚標緻，但乍看之下，兩人體態身型，甚至眉目都有些相似。

那晚在金沙渡假村，若梅找上門來，就是希望潔弟能張開眼看看祂，如此祂好告訴她前世的經歷。只可惜她那時太過懼怕，從頭到尾都閉緊雙眼。而在陽間巡邏的陰差又正好路過，便直接將祂押回陰間。

第十章　返

若梅被陰差押入地府後，因命定陽壽未到，便暫且發落至枉死城。人的本質即是靈魂，蛻去了肉身，也亦是如此。在世時，理智已是時好時壞的祂，在死後屢屢遭逢震其心弦的挫敗，精神更是每況愈下。

祂總是心心念念著世芳，於是便在精神失常的片刻，冒險逃出城外，妄想返回陽間去找世芳，救祂脫離執念苦海。從此，便一直被囚於禁丘，直至現在。

潔弟藉由透視自己的前世與若梅的記憶，陳府滅門案幾近九成的拼圖都找齊了。只不過，她仍舊有些存疑，若梅的揣測是否完全正確。如果幕後主使者真的如祂所猜測，那就真的太扯了。

既然她一時也無法下定論，那麼目前首要關鍵，除了一件件尋回那些遺落的證據，讓證據自己說話以外，對於真兇身分也只能先暫時採保留態度了。

她看著若梅失魂落魄地在木箱外遊蕩，由頸上垂至地面的鐵鍊隨著祂的腳步鏗鏘作響。想到若梅須一個人孤伶伶地在這淒冷詭譎的禁丘上受囚押，直至魂神俱滅，心裡便感到很是不捨。

「難道沒有別的辦法了嗎？」潔弟自言自語道。

藍袍判官一聽便知她神傷之由，對她說：「非也、非也。禁丘上之輩皆為作繭自縛。只要祂們願意先行受審，飲下孟婆湯、下地獄為自己離城之罪受罰，屆時刑期一滿，便可直接發落輪迴。」

「祢的意思是說，祂們……」潔弟轉頭看向滿山遍野木箱中的亡魂，「祂們都寧願在這邊無止盡地等待魂神的終結，也不願意下地獄受刑？」

藍袍判官搖搖頭，輕嘆一聲，說道：「是不願意喝下孟婆湯。」

潔弟忽地感到一陣揪心，頓時無語，只能聽著若梅繼續哼唱著〈雨夜花〉。

「唉，事到如今，我又得知法犯法了。」藍袍判官忽然這麼說。

「啊？」潔弟茫然地說。

「妳可知陰間的時間過得遠比陽間快上許多？」

「嗯。」她點點頭，隨即才意識到大幅時間差的嚴重性，立即問道，「哎呀，我到底來陰間多久了？」

「陽間已過七日。」

「什麼！」她叫了一聲，十分詫異，「這人死都頭七回來嚇人了！不行不行，我得趕快回去！」

「莫急！隨我來！」藍袍判官也不給她點時間反應，按住她的肩頭，自身閃了兩下藍光，就這麼把她也一起帶離了禁丘。

＊＊＊

藍袍判官的燈火將他們身處之地照得通明。潔弟轉了一圈，眼前的空間雖有壁有頂，卻都沒有明顯的邊角線，而是圓潤如山洞一般。

但若真是山洞，周遭怎麼會都是平滑如鏡的黑色石壁呢？

「這裡是哪啊？我從沒聽師父說過陰間有這種地方。」潔弟看著洞中擺放滿坑滿谷的不明器物，好奇問道。

「姑且稱作是石洞吧。」藍袍判官說，「這裡是地府窖庫的其中一處。」

潔弟的目光隨之跟著祂的視線聚焦到洞中一角。那裡有個高約三、四層樓、寬約兩、三米，以紅巾掩蓋的巨大物體。

要不是因為清楚自身在冥府，她一定以為這紅布底下是一台立著的觀光遊覽車。

藍袍判官先是從袖口掏出一副看似尋常的木珠算盤，手指快速地叩叩撥算起來。接著祂像是算出了什麼，而搖頭嘆息。

「怎麼樣怎麼樣？祢在算什麼啊？」她問道。

祂不直接回答，只是揭開眼前一大條紅布，轉頭對她說：「就讓我再助娃兒一臂之力吧。」

紅布一開，底下是一座貌似凹陷進去的紫水晶洞。只不過，洞中除了外圍一圈是閃閃發光的紫水晶外，裡頭竟是一片墨水般的漆黑！

「這是什麼啊？」她問道。

剛才從外頭看，這座晶洞的深度不可能超過三米，可是當她瞇著眼，身子向晶洞內探去時，卻怎麼也看不清深處的材質或一絲紋理。裡頭彷彿是一片沒有盡頭的幽黑，將判官燈火的所有光線都吞噬殆盡。

「想著妳欲返回之處，越明確越好。」藍袍判官吩咐道。

「啊？」

「陽世今年五月二十八，酉初三刻！」藍袍判官對著晶洞說道。

「去！」祂猛然從潔弟背後推了一把，她一腳踩空，霎時跌入晶洞深處裡的虛無。

「祢——」她話都還沒說完，眼前又是一黑！

＊＊＊

一陣頭暈目眩，潔弟眨了眨眼，眼前一片漆黑，直覺就想：呃，我該不會瞎了吧？接著感到背後好像壓著什麼東西，翻身、坐起的瞬間，肩膀熟悉的重量隨之傳來。她反手一摸，是背包。

隨即摸黑翻找出背包裡的頭盔，將之戴上。幸好頭盔上的按鈕位置很好區分，沒兩下就摸到頭燈的開關，將之啟用。

眼前景象立即一片光明。潔弟鬆了一口氣，心裡默默感謝有人發明了這麼耐摔的東西。

四周盡是迷茫的白霧。她張望了一下，愣愣地說：「又回來了？」方才太突然，墜入晶洞的瞬間，她一時也沒辦法給出確切的位置，滿腦子只想得到陳府。她納悶地想：也不知道晶洞會將我送到哪一個陳府。

嘆了一口氣，才剛撐著痠痛的手臂站起身，空中忽地出現十幾道黑影，迎面朝她俯衝而來！

「啊！」她忍不住尖叫，這次很肯定地嚷道，「又回來啦！」少了噬靈符、防彈襯布的保護，她自知不敵，立即扭頭拔腿狂奔。

沒想到才跑沒幾步，腳尖便被什麼東西給絆倒，她登時撲倒在地。定睛一看，眼前有幾道石階，每一階中央，都是梅花與如意紋浮雕的青石磚。而石階之上，就是府門！

「有救了！」她欣喜不已，立即奮力連爬帶踩地奔進陳府的側門之中。

她一衝進無霧的府院甬道內，便覺筋疲力盡，立即癱軟在地。瞄了一眼傷勢，雖然全身上下都是傷口、瘀青，但看起來沒什麼大礙，眼下也沒多餘的時間清理、包紮了。

她慢慢扶牆站起來，腦中忽然閃過一個疑問，不知道府上是否還有其他殺手。一想到答案是可能的，頓時又是一陣緊張，急忙將頭燈關閉，拉下面罩，開啟夜視鏡模式，慌張地左顧右盼。

雖然目前沒看到半個人影，可是對方都是真槍實彈、有備而來，她兩手空空，只好拿出刺刀，握在手心。就算沒能力防身，好歹也為自己壯壯膽。

接著她開始苦惱了起來：就算府中安全了，府外呢？出去被一群霧中仙圍毆怎麼辦？再加上又有歸零週期不同的時空區間！

「吼唷，都是白霧啦！要是沒有——咦！」突然靈光乍現，她以拳擊掌，低聲說道，「對了！」

後廂房的南北牆面窗眼位置對稱，此刻她站在陳府北側院牆與後廂房北面的甬道中，心裡有了主意，立即墊起腳尖，快步走到後廂房最左邊、虛闔的軒窗旁，透過縫隙往裡頭探看。

確認裡面沒人，也沒東西擋住，便輕輕將窗扉拉開。

「咿——」木窗久未經開闔，硬是發出一聲細微的摩擦聲，在悄寂的宅院裡顯得份外刺耳，嚇得她立即定住身，動都不敢動。

側耳傾聽，院內仍舊無聲無息，她稍稍放心，雙手扶著窗框撐起身體，爬進後廂房東側。

前世的小環在陳府滅門案後，雖隨即南下回「離鯤」與母親團聚。但沒過一年，母親就病逝了。她舉目無親，身上也沒太多錢，又一時找不到工作。在無棲身之所的情況下，只得又從離鯤北上回到破敗的陳府居住。而後找來府上的幽魂若梅，囑託交待小環的，她都一一照辦；其中，也包括了藏劍。

潔弟想，那把劍應該就是老道陳山河當年得到的玄清派鎮派之寶之一——瑤鏡劍。如果中間沒被人盜走、移動的話，這把神劍，應該還藏在後廂房之中。確切的位置正是幽魂小惠曾經要潔弟藏身以躲避殺手的天花板儲藏空間。

潔弟爬進後廂房、落地的那一刻，周身又再次亮起了盈盈鬼火，倏忽即逝。她小心翼翼地越過骸骨堆，扶著牆踩上旁邊的桌腳，穩住身子後，墊腳伸手將屋樑上的其中一片木板推到一旁。

雖想攀上去，但可能是因為力盡筋乏，怎麼都施不上力、提不起身。正當她惱於力有未逮時，指尖忽然摸到一大綑木棍似的東西，往下一扯，竟是粗繩和竹子綑成的竹梯！

萬幸這竹梯尚未因年久而腐朽。她立即踩著竹梯往上爬，沒幾階頭便可探進樑上木室之內。將頭盔夜視鏡關閉，開啟照明一看，裡頭果然藏有不少雜物，但她的目光很快就被角落一個長棍形的黑包袱給吸引。那布上頭繡著松竹梅石荷，是從陳山河生前衣物撕下來的。

她又踩上幾階竹梯，一手撐著木室下方的框，一手攫來黑布包。掀布一看，裡頭果然就是那把鏽劍！

她見府內仍舊沒有其他動靜，便連忙將屋內恢復原狀，走原路爬窗出房回甬道。

正要從北門出府時，突然覺得不太對勁：太安靜了。

她佇足想著：孩子們呢？小惠、雯雯、佳佳，其他老師們呢？怎麼都沒看到？剛才開窗、放下竹梯的聲音，祂們都沒聽見嗎？算了，還是先想辦法與吳常會合，晚點再回來找祂們和證物！

第十一章
破陣

潔弟隨之把裹著鏽劍的黑布揭開，劍柄的部分很新，兩端劍格、劍首還閃著金屬光澤，中段劍柄處則以黑繩密密纏繞，應是老道後來又給劍換上的柄。

知道唯有瑤鏡劍認定之人的鮮血才能將之啟封，她握起劍柄，在左臂上輕劃一刀。

那劍身看來鏽蝕得很嚴重，滿佈烏班，沒想到卻鋒利異常，霎時手臂鮮血逸流如泉湧！

「嘶——」她倒抽一口氣，被這傷口嚇一跳。急忙從背包裡拿醫藥包出來包紮止血。

劍刃雖染上血紅，卻沒半點反應。想來自己不是它選擇的主人，所以無法以自身的血將它從沉睡中喚醒。

雖然在意料之內，但她還是難免有些失落，只能安慰自己：至少它還很鋒利！還有機會！

她鼓起勇氣衝出北門，往府牆外頭左方的那團霧中仙聚集處跑。前生石裡，鬼術師德皓就是命人將孩童眼珠埋入那根定魄樁下。

周遭的霧中仙像是察覺到她奔入霧裡，開始接連伸爪向她撲來。

她身上除了頭盔是護具以外，就只有防子彈不防霧中仙的防彈背心。不知該如何抵禦的她，只能使勁甩開兩腿，同時舉劍朝祂們亂揮一通。

那些霧中仙被鏽劍觸及的瞬間，立時又化為空氣一般的存在，不論劍如何掃砍祂們，也傷不得半分。

但當祂們出爪劃過她的背包與臂膀時，包上被劃破的開口與她身上的血痕又是如此的切實。

然而，那些追著她窮追猛打的霧中仙，在距離定魄椿不到五公尺左右時，大多紛紛掉頭離去；而剩下的兩、三隻霧中仙則像是忽然被風捲走似地被定魄椿給吸了過去，就此再也無從掙脫。

潔弟心想：反正現在全身上下早就都是傷了，不差那麼幾道。

她直接衝進那團霧中仙之中，舉劍就往中心那根若隱若現的圓木椿劈下！

「拜託祢了！」她大喊一聲。

鏽劍竟硬生生卡在木椿上頭，下不去也提不起來！

場面變得如此尷尬，滿腔沸騰的熱血瞬間如同被桶冰水當頭澆冷。她正兀自心急，其中一隻扭動掙扎的霧中仙竟一個揮手就將她打飛出去！

她悶哼一聲，重重摔在青石磚道上，痛得連叫都叫不出來，花了好幾秒才勉強撐起身子。

說時遲那時快，她雙腳才剛一前一後踩地，一隻霧中仙居然橫向抽出那支劍，朝她擲來！

她毫無心理準備，一時閃避不及，只能眼睜睜地看它嗖地埋入右肩！劍尖狠利，連同後背的背心也被刺穿！

她雙腿一軟，側身倒下。也許是這一連串的折騰，導致知覺已經逐漸麻痺，她感覺不到一絲痛楚，耳中嗡嗡作響，滿腦子只想著：我不能死！

看著眼前的劍柄，順著它淌落地面的鮮血如注，她以為自己中劍的部位是胸口，剎時一陣恐慌，對它說道：「幫幫忙！我還要救人！我不能死！祂們在等我！幫幫忙，拜託祢！」

說著說著，眼淚竟不知不覺　滴接著一滴掉下來，融入了逐漸擴張的血泊。

原本順著劍緣滴落的血，竟瞬間滲入粗糙的鏽斑之中，一轉眼便形成葉脈般的紋路包裹住劍身！

鏽斑與鏽斑之間開始自行產生裂隙，一道又一道。老師父描述的嗡鳴聲隨之響起，肩窩處感到一股暖流。

知覺再度回來了，肩膀的暖意變成灼熱，劇烈的疼痛令她幾近暈眩。

可潔弟也知道瑤鏡劍的鏽殼隨時會迸開，連忙咬緊牙關，伸手將劍拔出。無奈劍身太長，無法將之完全拉出，只好以雙腳抵著劍格，將之踹出！

瑤鏡劍在空中翻了半圈，即將墜地的剎那，劍身鏽殼澈底炸裂，所有碎片都隨即化成烈火，一閃即逝。

同時，奇蹟出現了，潔弟肩上的灼熱疼痛感立即消失！

瑤鏡劍像是有意識似地改變下墜的角度，劍尖又是一轉，筆直插入地磚，完成一個帥氣的落地姿勢！

她摸了摸身上的傷，居然在眨眼間癒合成凹凸不平的劍痕！

她閉上眼，鬆了一口氣，不敢相信自己的好運。再開張眼看向它，衷心道謝：「謝謝！」

瑤鏡劍竟閃動了一下銀光回應她。

潔弟忍不住笑了笑，再次振作起來，拔起劍就朝定魄椿衝去。這次她學乖了，改以橫劈。

神劍一出，所向披靡，劍刃一劃，竟一舉將層層疊疊的霧中仙與定魄椿攔腰砍斷！

木樁上半部一分離，一股無來由的強烈氣流猛地從府牆往潔弟這邊散逸而出！她立即被吹得老遠，滾了兩、三圈才止住勢。她慶幸這次落地處是紅褐色的濕土，而非石磚道，不然這麼一摔肯定摔斷脖子。

風壓狂暴，她甚至無法坐起身，只好維持趴伏的姿勢，勉強抬頭，透過頭盔朝府牆方向看，想知道這股強風從何而來。

陳府上空不斷旋動的厚厚烏雲，竟慢了下來，四周的白霧也明顯變得越來越稀薄。原先吸附在定魄椿的霧中仙像是全被強風颳走似地，轉眼便不見蹤影。

最重要的是，天色微微亮了起來！

外界的陽光，終於在睽違二十五年後，再次灑下老梅村！

「成功了！」潔弟瞪大雙眼，難以置信地說，「霧陣破了！」

縱使只是微光，在夜視鏡的模式中仍感刺眼。她立即將頭盔夜視功能給關掉。

風速漸漸減弱，她朝北面府牆另一側的定魄椿匍匐前進，想要一鼓作氣，將另外三根樁也一併剷除。

當她揮劍砍斷第二根定魄樁時，宅院上空的烏雲彷彿剎那間失去了動力，竟完全停滯，化成灰白色的雲團。

風流仍由府牆朝外四散，但風力已顯著轉弱，她已可勉強站起身。隨即奔至前門，逐一斬斷剩下的兩根定魄樁。

當第四根樁被她劈成兩半的瞬間，府牆上的雲徹底消散，四周的白霧也一掃而空！近處的四合院聚落與遠方的埂埂田野，再次顯現其貌。海潮的拍打聲與飛鳥的啼叫聲傳入耳中，潔弟深深吸了一口氣，聞著風中海的鹹味，欣喜老梅村總算不再為妖霧所盤據掩蓋。

它自由了。

「終於，迷霧終於消失了！」她喃喃道。

體力消耗殆盡，再也支持不住的她，立即倒在地上，看著天空喘息，調整呼吸。此刻，正值日落時分，遠方的海天交際，是紫橙暈染的晚霞，美好地令人感動。她既是欣慰，又有些激動，忍不住再次紅了眼眶，心裡不停為自己加油打氣：快結束了、快結束了！

不敢耽擱太久，片刻之後，她便起身，決定一不作二不休，將四根定魄樁的根部一一燒毀。

在點燃最後一根樁前，她突然有股衝動，要親眼確認底下是否真埋著那些孩童的眼睛。

便以劍當鍬，挖開根部下方。

挖沒兩下，便有一股濃重的腥臭之氣自裡頭飄出！

她被熏得猝不及防，立即撇頭乾嘔了兩下。往後退一步，頭盡量也往後靠，才又拿劍繼續挖。

椿底的幾十顆小眼珠子居然一點也未腐化！外觀形狀仍相當完整、黑白分明，上頭還血淋淋的，像是剛剛埋下去似的！

潔弟感到又錯愕又不解：已經過了二十幾年，那些眼珠就算沒被蟻蟲啃蝕、微生物分解得連渣都不剩，也不該這麼完好啊！這到底是怎麼回事？

縱使心疼那些孤兒院裡的小孩，為了避免那該死的德皓之後又故計重施，她還是心一横，將椿底連同眼珠一同點火焚燒。

火苗竄升之際，更是濁氣衝天，她掩鼻退後好幾步。

確認四根椿都燒得差不多了，才又以土埋熄火焰，提劍出發去找吳常。

＊＊＊

潔弟遁入陰間之時，尚且瀰漫濃霧的老梅村中，巨大的人形惡魄轉眼便被完全收進鬼術師德皓的血玉葫蘆之內。

然而此時，在場除了吳常以外，眾人都無心於此惡魄，更未留意到德皓腳邊的草莓糖果忽地了無蹤影。大伙的注意力都集中在潔弟消失前所站的位置。尤其是分別抓住潔弟左右兩臂的殺手，更是瞠目結舌地，看著她就這麼忽然消失在他們手中，感到錯愕不已。

德皓不知潔弟具「魂肉能一同出入陰間」的異能，誤以為她是因時空歸零而消失。難以接受煮熟的鴨子又飛了，他癲狂地仰天嚎叫，激動地揮舞雙手：「啊——我的皮囊——」

自從陳小環自盡後，他四處尋覓命格相符的肉身，二十餘載都未果。期間僅能勉強暫居他人肉身之中。但是那些皮囊都只是堪用，不但肉體腐敗得快，也僅能供他苟延殘喘地活著；本身的魂神在幾番借屍續命之後，也已屆油盡燈枯之時。眼下之所以還能有一口氣在，完全是靠他的道行與邪術支撐。

好不容易老天又送上一個命格完全匹配，能供他所用的肉身，竟又眼睜睜地看著這根救命稻草頃刻間化為烏有！而且還是因自己當年設下的迷陣所致，叫他如何不崩潰！

與此同時，吳常非但冷靜沉著，更是見縫插針，連開兩槍射向兩名殺手的頭部。不論其是否立即死亡，都已構不成威脅。

緊接著，吳常爭分奪秒地以刺刀削下德皓端著的屍油蠟燭！

方才，他觀察到德皓施法時，大多都需借助此燭才能完成。既然無法制伏他，不如先轉而從蠟燭下手試試。

果然如吳常所料，德皓嚇得張口結舌，神情自瘋狂轉為駭然。他一個箭步伸手想接住墜落的那半截蠟燭，卻晚了一步。

燭火落地登時一滅，德皓立時轉為初時枯槁痀瘻的模樣！

第十二章 黑夜再臨

「不……不……不可以……」德皓跪倒在地，面色倉皇，佈滿紫青屍斑的手巍巍顫顫地將地上的蠟燭拾起，「真火……我的真火……」

忽然之間，四周狂風大作，空氣中的白霧由濃轉淡，視野也逐漸清晰。只見遍地稗草皆往陳府方向壓傾，猶如萬民迎聖，彎腰叩首。

德皓察覺到村內迷陣遭破，當即方寸大亂：「究竟是何方高人入村攪局？」

正處危急存亡之秋，德皓這才意識到身邊一幫殺手皆已被那俊美男子給射殺，眼下無人可差使；又想到自己僅存的一味真火也被對方給弄熄，讓他登時怒火中燒，憤然喊道：「我便與你拚個魚死網破！」

德皓站起身顧盼左右，驀地發現吳常竟在這幾秒之間奔出了幾十米遠，此刻正疾步離他而去。

看著吳常的背影，德皓眼神陰鷙，恨不得立即將其除去而後快。他搖起三清鈴，此次節奏與方才召魄時的大不相同。

鈴聲在曠野中顯得響亮而瀸儷，吳常一聽，心中莫名感到惴惴不安。陡然胸口一緊，彷彿有雙無形的手狠狠擰緊肺葉，令他無法呼吸！

吳常直覺是德皓所害，立即放慢腳步，詫異地回頭看向對方。

「呃……」吳常掙扎著想呼吸，腳步越走越不穩，雙眼開始失焦，意識逐漸模糊。

「想知道為什麼嗎……」德皓眼神陰佞，一邊的嘴角勉強上勾。他聲音雖嘶啞乏弱，卻極具穿透力，令吳常聽得字字清楚。

「中了我的屍蠱……也算你三生有幸……」德皓作出灑粉的動作。

吳常立即明白，剛才與德皓一番近身較量時，對方曾對自己灑出黑炭般的粉末。那些便是其所謂的屍蠱！

當時他雖身子一晃避開攻擊，但仍無法避免吸進微量的蠱粉。如今，三清鈴的鈴聲喚醒體內的蠱，開始攻擊、破壞肺部，令他嚴重呼吸困難。

「可惜啊……你命格與我恰恰相剋……」德皓邊說邊盯著手中兩截蠟燭，「否則便可供我暫時一用……」

吳常心臟跳得越來越快，猛烈怦怦作響，他再也無法控制身體重心，往前直挺挺地倒了下去。耳中持續傳來德皓的低語。

「幸好、幸好……」德皓握住蠟燭，「真火尚有一絲餘溫……嗚呵呵呵……」

他毫不猶豫地撕下臉皮，撒手將之隨意拋在一旁。爬滿生蛆、腐爛不堪的骸面上，糊著以屍蠟作為黏合人皮的祕方漿膠。他將一截蠟燭的斷口在真面目上沾蘸兩下，與另一截相合在一塊。再自袖口中取出另一張暗銀色符紙裹著蠟燭。

他張開血盆大口，將之整個吞入嘴中的瞬間，支撐身子骨的精氣立即抽離，骨肉毫無預警地忽然垮下，連同外袍一同墜落地面。

吳常勉力集中精神，試圖看清景象。眼前只剩一地的暗色布袍與帶皮骨骸，而鬼術師德皓的魂神已不知去向……

＊＊＊

潔弟在心中催促著自己：快一點、再快一點！

她在田埂上拚命地奔跑，就是想盡快與吳常會合。沒看到他之前，總覺得一顆心一直懸在那裡。

她無法相信在今生石上看到的畫面，但心中一股不祥的預感卻又始終揮之不去。

一路上不停納悶地想著：吳常怎麼可能會死？我又為什麼要自殺？親都還沒親過，殉什麼情啊三八！

片刻之後，她趕到自己進陰間前所在的大概位置，卻只見到四個倒地不醒的殺手。

她鬆了一口氣，心裡想著：今生石一定是弄錯了。吳常一定是把他們都解決了，先跑出村找志剛了吧？

接著，突然一個念頭打到自己：不對啊！那個臭豆腐德皓呢？

熟悉的不祥預感再次襲上心頭，趁著天色尚明，她急忙在附近繞一圈，到處尋找他們的蹤影。

此時村內迷霧已徹底消散，須臾，她便在不遠處找到吳常和垮作堆的德皓衣物。

可是，此時吳常他身子趴倒在地，似乎在抽搐、掙扎著！

她立即心中一緊，邊喚著他，邊向他奔去。她驚慌地跪在他身邊，氣喘吁吁地問道：「你怎麼了？」

呼吸困難、胸口劇痛的吳常一時沒聽到她的聲音，並未搭理。她見他神情看來極為痛苦，還以為身上哪裡受傷，卻又遍尋不著傷口。

他的臉慘白得嚇人，雙眼上吊，手一直揪著胸口，明顯正承受著某種劇烈痛楚。

「你到底怎麼了？」潔弟急得都快哭出來了，胡亂瞎猜著可能的原因，「心臟病嗎？噎到了嗎？」

吳常突然猛力點了兩下頭。她見狀立刻將他扶坐起身，連連拍打他的背，希望能趕快助他排除阻礙呼吸的東西。

這不拍還好，一拍下去，吳常立刻吐出一窪黑血，血中竟還摻雜著幾團血肉模糊的肉塊！

「天啊！這是什麼！」潔弟訝然叫道。

吳常先是大口深呼吸了幾次，接著又被熱血嗆到，又咳了幾下血，才指著一旁德皓的衣物，有氣無力地說：「屍蟲……」

「他對你下蠱？」

吳常點頭，嘴角微微一扯，道：「原來妳有……絕對方向感……」

「什麼？你先不要說話，先側躺下來休息！」潔弟慌亂地說，「我、我馬上去找志剛！要趕快送你去醫院！」

吳常緩緩搖了搖頭，黑血自嘴角滴落。他虛弱地說：「我已經……知道……兇手是誰了……」

「我也知道！」她連忙告訴他，「我剛才去了陰間，看了三生石，才知道原來我前世是陳小環！」

「原來如此，」吳常忽地眼神凌厲地看她一眼，眼瞳轉為藍紫色，口氣異常激動地說，「果然如此！」隨即立刻又吐出好多血！

他再次往後倒下，她馬上伸手扶住，著急地喊道：「你不要再說了！一直吐血，失血過多怎麼辦啦！」

「無所謂……妳才是關鍵……」吳常像是在交代什麼似地，語氣有些急切。

她頻頻搖頭，不明白他在說什麼。

吳常從西裝內袋中拉出一條造型復古典雅的雕花古銅懷錶，按下上頭皇冠型的按鈕，錶蓋立即彈開，裡頭是位神情冷漠卻又五官精緻明豔的女人照片。

「Ombre……」吳常想將懷錶遞給潔弟，眼神失焦的他，卻像是看不到她似地，連連遞錯方向，神情困惑又有些無助。

潔弟感到一陣鼻酸，感到眼眶開始泛淚，自己伸手將懷錶接過來。

「Ombre……」吳常氣若游絲地說，「她可以幫妳……破案……記住……妳是一切的關鍵……沒死之前……」他太陽穴與下顎突然暴起青筋，抓緊她的手臂，聲嘶力竭地喊道：「不准放棄！」

說完，力竭的吳常登時鬆開了手，頭無力地往後倒下，不再動彈！

他面色青黑，嘴唇卻是如此蒼白。以往冷漠的眼神、犀利的眼神，此時此刻卻是那麼的空洞。

潔弟實在不敢相信，生命就這麼離這具軀體而去了。

你不是別人耶，你是那麼不可一世、那麼講求品味、那麼聰明絕頂的吳常耶！你怎麼可能這麼輕易就死掉！

她想這麼揶揄他，你可是話到了嘴邊，卻突然硬生生哽住了。幾秒之後，她開口的剎那，眼淚也跟著潰堤而下。

「你、你別死啊！」她哭著說，「喂，你聽到沒有！哪有人說要查案，還自己先死的！你怎麼可以有事！」她邊哭邊搖晃著他，「不是要一起破案嗎！」哭得泣不成聲，聲音也開始啞了，「我還沒帶你去吃糯米腸……我還沒告訴你我喜歡你……你死了你的 Ombre 怎麼辦？」

「你快點醒來啊！你怎麼可以就這樣死掉啦！」她緊緊抱住他，崩潰地喊道，「這不是真的！這怎麼可能會是真的啦！」

最後一抹夕陽的殘光消失在海平面的盡頭，深邃的靛藍隨之將他們包圍。黑夜來臨了。

今晚，蒼穹沒有任何星光，如同六十多年前的除夕夜……

＊＊＊

陳府北方，臨海懸崖處的一片赭色濕土荒地邊緣，忽地飛沙走石，一個小龍捲旋刮起周遭塵土。

待塵埃落定，一團黑霧自空中及地，左彎右拐地掃過紅土，似乎是在尋找什麼。所經之處，皆留下一道淺淺刷痕。

忽然，這團黑霧猛地停止，原地旋了一圈便鑽入土中。就此無聲無息，不再有任何動靜。

第十三章
信號

片刻之前，當潔弟與吳常正在老梅村內被一群殺手追擊之際，村內近濱海公路處，坐在車上等待他們出霧牆的志剛，正吃著小智幫他送來的麥當勞套餐。

志剛面色陰沉，手指機械性地將薯條一根接著一根塞入口中。他心思都放在最近注意到的一樁洗錢案，吃什麼都味如嚼蠟。

他確實是對陳府滅門案一點興趣也沒有。但是，爺爺和爸爸的死就另當別論了。當年處理掉爺爺和爸爸的那位幕後主使者，他早就推測出其來頭背景。推論的依據不是靠物證，而是人際網路的刪去法。

六十幾年前，這起陳府斷頭案的所有關係人足足有幾百人。但是透過時間的篩選淘汰，有能力親手或假他人之手先槍決爺爺，再讓爸爸在獄中被自殺的關係人，可就剩不到十人了。

楊家祖孫三代，到了他這輩，經過長年的觀察，可說是極為肯定這位藏鏡人的身分了。

只不過，翻案？談何容易！

清楚司法程序的他可不敢想。都過了那麼多年了，哪還有半點強而有力的證據留著給他翻案。就算有，他也沒打算再淌這渾水。

與其還楊家一個毫無屁用、遲來的清白，不如要那位幕後主使者付出代價！

他楊志剛要的，就是報仇！

利用刑警身分之便與黑道的既有人脈，志剛這幾年來密切關注著許多疑點重重的案件，雖然沒有直接證據，但一條條線索最後矛頭都是指向那位幕後主使者。

可惜，志剛雖蒐集到不少情報，卻沒有一個可以一舉送對方下地獄的證據，包括最近的這樁洗錢案也是。

志剛扼腕地想道：他太高明了。從不弄髒自己的手，而且越來越謹慎。白手套一層又一層，蒐集了這麼多買兇殺人的情報，卻沒有一樣可以讓他一槍斃命！

志剛心裡清楚，既然自己都有當消波塊的心理準備，如果只是讓對方蹲個幾年牢就出獄，那又何必？百足之蟲，死而不僵啊。

他暗暗祈禱著：要是有一樁大案就好，現在缺的就是導火線。只要他涉入一件全國關注、足以造成輿論壓力的案子，就能拋磚引玉，讓我有機會得到授權，連帶重啟調查過去幾件舊案。

坐在副駕駛座的小智，則是一邊吃著漢堡，一邊玩著手機遊戲。他早就習慣楊隊長時常悶不吭聲、擺著臭臉。

大概又便祕了吧。小智不以為意地想。

他心中不滿的是輪休還被叫來買飯、陪隊長在這邊瞎等吳常和潔弟。要不是看在常去吳常那裡蹭飯吃的份上，他一定已讀不回隊長的 line。

志剛正在喪氣之時，忽然看到兩點鐘方向，有簇明亮的光線自霧牆中破出，筆直往上竄，接著在空中爆開成一團紅色光球。其亮度之高，在黃昏時刻仍舊顯得刺眼奪目。

「嗯？那個是……」小智先是一愣，接著倒抽一口氣，「信號彈！」

志剛沒任何猶豫，趁著信號彈尚未再次沒入霧牆之中，立即發動車子，打到D檔。

小智見狀，忙問：「隊、隊長，你該不會是要……開進霧裡吧？」

「有意見就現在下車。」

「不是啊，霧裡根本看不到路，是要怎麼開？」小智又問。

志剛猛地轉頭看向小智，面無表情，眼神卻飽含殺氣地說：「要嘛現在下車，要嘛就他媽的給我閉上嘴！」

小智極為錯愕地往後一靠，一個字都不敢再多講。志剛隨即腳踩油門，小智則瞪大雙眼盯著擋風玻璃外，向他們急速迎面撲來的濃霧。

志剛曾經在吳常的房間中，見過老梅村的3D投影模型，大致記得村子的格局，和大路附近連通的縱橫道路。然而最棘手的地方在於，除了東西向和南北向這兩條大路以外，村內大部分都是無法容汽車通過的狹窄田埂。

眼下為了救人，志剛也顧不了這麼多了，沿著大路開到信號彈附近，右轉就直接連人帶車地開下田地裡！

墜地瞬間，志剛與小智兩人屁股都有那麼一秒飛離椅墊，短暫感受到零重力的飄浮。接著又重重坐下，車身猛地搖晃，朝著信號彈墜落的方向全速奔馳。

如果志剛他沒記錯的話，信號彈的位置是在老梅村深處的四合院聚落邊緣，也就是聚落與田地交界之處。而他們右轉下來的這片田地特別寬，應該可以直接開到聚落邊緣附近。

他們會不會是在返回的路上遇到了什麼危險？濃霧裡面到底還有什麼？他媽的這個小白臉真不要臉！就叫他要死自己死，怎麼還是拖著潔弟一起下水！志剛惱怒地想著。

全然忘了今天早上還是他自己親自送兩人入村的。

好在迷霧裡幾乎寸草不生，農田雖有些崎嶇，但行駛起來還不至於太過顛簸，須臾便又已駛出幾百公尺開外。

途中不時有數隻半路殺出的霧中仙，有些緊追在車尾，利爪刮著後車廂蓋嘰嘰作響；有些則撲打在擋風玻璃上，雨刷馬上就被祂們給拆了，轉眼間玻璃上便出現一道又一道的鮮明刮痕。

小智從進濃霧開始，一直緊緊抓住車頂把手。見車外出現那些前所未見的詭異黑影不斷朝他們車撲來，又死巴著不放，心裡也很懼怕。

「咚、咚、咚！」霧中仙一次又一次死命衝撞擋風玻璃，瞬間便砸出一個個蜘蛛網裂痕！

「幹！」志剛怒吼一聲，下意識急轉方向盤欲甩開那幾隻霧中仙。

車子猛地打橫，「碰」一聲，失速撞上田邊的石造土地公廟！

「嘭！」車身劇烈一震，安全氣囊立即彈出，狠狠撞向志剛與小智的臉。

「嗚……」小智很快就流下兩道鼻血，痛得眼淚齊流，一時之間眼睛連張都張不開。

志剛反射性地側過臉，反而被安全氣囊撞得扭到脖子，一下子也是痛到說不出話。花了好幾秒才扶著脖子，慢慢將頭給轉正。

狼狽的兩人好半天才先後鎮定下來，定睛往車外一看。這些霧中仙竟在這麼短的時間內，全都聚集過來，將車子圍得密不通風；個個臉貼著碎裂的車窗，死死盯著兩人！

祂們神情各異，有的哀怨、有的憤恨、有的驚恐；唯一共通的，是祂們都拚命撞擊、拍抓著車窗，想將玻璃給打破！

車內的志剛和小智同時感受到一股極為強烈的壓迫感，兩人都意識到車窗有多麼不堪一擊。雖然不知道這些霧中仙撞破玻璃之後的下一步是什麼，但鐵定沒好事。

小智立即從口袋裡掏出手機想打電話求救，卻發現這裡根本沒有任何訊號。

「沒用的，這裡可是真正的與世隔絕啊。」志剛扯下車內後照鏡上掛著的平安符，扔給小智說，「加減用吧。」

「啊？」小智接了過來，面露惶恐之色。

志剛打到R檔，踩下油門倒車。車前引擎蓋隨即露出一個深深的凹痕，所幸車子性能還算正常，仍可行駛。

車輪一回歸原本行駛的路徑，小智見志剛抓住排檔桿要往後拉，連忙伸手阻止：「等等！你該不會還要往前開吧！」

「有意見啊？下車啊！」志剛推開他的手，排檔桿打到D檔，急踩下油門。

「喂！」小智難以置信地瞪著志剛，「你不要命啦！」

志剛不答，儀表板上時速表指針猛地往右一轉，車子直驅而去。

幾秒之後，忽地一陣狂風呼嘯而過，就連在車內的兩人也能清楚聽到呼呼風聲。車窗快速微幅振動，發出細微聲響，裂紋滿佈的車窗彷彿已經瀕臨極限，隨時可能迎風而破！

四周瀰漫的濃霧正迅速消散，原本無數漫天飛舞的霧中仙也在剎那間褪去，像是被無形的橡皮擦給擦去身影一般。

小智身體前傾，抬頭看向漸漸轉暗的夜空，感到錯愕不已：「竟然已經天黑了？在霧裡面都看不出來！」

志剛則是在霧散的瞬間，透過尚能照明的車燈，看見前方不到十公尺處，有一地勢較高的田埂路，急忙踩下煞車，這才免除再撞的慘劇！

車子一停，志剛立即開門跳下車，對小智說道：「待在車上等我！」

「才不要咧！」小智也立刻衝下車，跟著志剛跳上田埂。

「吳常！潔弟！」兩人在田間高喊，但都無人回應。

志剛立刻拿出手機，打給吳常。他想：既然干擾通信的霧都散了，那電話應該就能打得通了吧？

果然，手機不但滿格，而且很快就撥通了。只是志剛沒想到，鈴聲會離他這麼近！

「他媽的是在蹲馬桶大便，不能接電話是不是！」志剛罵歸罵，還是急忙打開手電筒，帶著小智連忙往鈴聲的來源衝去。

然而，他們兩人都沒料到，映入眼簾的畫面，會是潔弟抱著一動也不動的吳常啜泣。

「怎麼回事！」志剛一看狀況不對，立刻吩咐道，「小智，快！叫救護車！」

「好！」小智連忙也掏出手機求救。

志剛檢查吳常傷勢的同時，潔弟搖頭，神情哀痛欲絕，喃喃道：「來不及了，他走了……」

「到底怎麼回事？他根本沒有外傷啊！為什麼臉色……是中毒嗎？」志剛摸不著頭緒地說。

「是屍蟲……都是那個臭豆腐！他給吳常下蠱了啦！」潔弟說著說著，竟又再次嚎啕大哭。

「下蠱？」志剛愣了愣。情況已經超出他的認知範圍。

在一旁打完電話的小智也是呆若木雞，不明白潔弟到底在說什麼。

儘管直覺告訴志剛，吳常可能救不活了，他還是想盡最大的努力挽救任何一條生命。這裡離濱海公路的直線距離並不遠，就算車子開不上田埂路，徒步扛吳常走十幾、二十分鐘也能出村。

志剛對潔弟說：「先別說那麼多了，救護車開不進來。我先帶你們回濱海公路！」接著又對小智說，「快！跟我一起扛！」

第十四章
再死一次

「喔，這個我來就好。」小智一個彎腰屈膝，便輕而易舉地將吳常給揹了起來。

小智雖然綽號有個「小」字，實際上可是個身高一百九十公分、足足一百公斤重的壯碩彪形大漢。在開口之前，對於歹徒或黑道人士來說都具無比的震懾力。

「呿，英雄都給你當就好！」即便情況危急，志剛還是不改本性地揶揄兩句。

三人沿著田埂，快步往濱海公路的方向奔跑。小智體力過人，即使揹著吳常，速度仍是遙遙領先志剛和潔弟。

小智跑到一半，忽地轉過頭，擔憂地問志剛：「隊長，吳常會不會沒救了啊？」

媽的你是哪壺不開提哪壺啊！志剛心裡罵道。要不是看小智揹著吳常，他真的會從後面一屁股把他踹下去。

「靠北喔，我怎麼會知道！」志剛擺了擺手，氣喘吁吁道，「我要是醫生就去選市長了啦！」

小智雖本性質樸憨厚，但在志剛底下待久了，多少聽得出來他是在敷衍自己。恐怕吳常這下是凶多吉少了。興許是沒想到他會這麼突然就死掉，還死得這麼莫名其妙，不免也感傷了起來。

「潔弟，不要太自責，人死不能復生，」小智邊跑邊安慰道，「妳也別太難過……」

「靠北啊！」志剛一聽，臉色大變，氣得破口大罵，「你他媽現在就急著弔唁是不是！要不要順便送輓聯！」

「你幹嘛又兇我！我哪裡說錯啦！」小智莫名挨罵，也立刻回嘴。

「人死不能復生……人死不能復生……」潔弟停下腳步，愣愣地復述一遍又一遍，突然想起了老師父從小就告訴過她的混沌，那個她熟悉到不能再更熟悉的七域！

「可以……可以的！」她激動地喊道，「只要我能把他帶回來！」

志剛和小智也跟著停了下來，用一種看著精神病患的眼神看著她，他們都不了解她到底在說什麼、在想什麼。潔弟也知道這點，但是她一點也不在乎。

一樁樁往事持續湧向她心頭，以前總覺得老師父教的東西少了什麼。現在她終於想到了。老師父只教過她怎麼從混沌七域返回人間，卻沒教過她如何進去。

想來是置之死地而後生。唯一進去混沌的方法，唯一能救吳常的辦法，只有死亡。

她也終於明白，為什麼每次問到自己人生中的大劫，老師父會這麼的哀傷、沉重。

原來這個大劫就是「她自己」；完全取決於自己是否要救吳常。

還有什麼比這更諷刺、更可悲的？

潔弟想不到自己從小到大那麼努力地走過來，還是不敵命中所謂的大劫，而且還是要自我了斷。此情此景，真叫她情何以堪。

「潔弟……妳，還好吧？」志剛皺緊眉頭看著她。

「我可以把他帶回來，但我得先追上他。」她看著志剛吐出這句話，眼淚不知為何也跟著掉了下來。

「她是不是打擊太大啊？」小智輕聲對志剛說道，但潔弟聽得一清二楚。

「我是認真的。」她看向小智。

志剛上下打量了她幾眼，嘆了一口氣，手指爬梳過頭髮：「也許吧。」

接著，他雙手搭著她的肩膀，難得正經地說道：「我是不知道妳有什麼辦法……就算妳真的有好了。如果要賭上妳的命救他的話，就不值得。已經死了一個了，難道現在還要買一送一嗎？」

「為什麼不值得？」潔弟直視著志剛問道，「你們警察不也總是冒著生命危險抓壞人嗎？難道你們的命就不值錢嗎？」

志剛一時語塞，說不出話來。

其實潔弟心裡想的比說出來的還要多：到底憑什麼？我的命憑什麼就比其他人重要？前世若梅為了救我，甘願站在火災現場被抓；今生老師父為了非親非故的我，犧牲了十年的壽命！現在輪到我了。

「如果是為了吳常，什麼都值得。」她理直氣壯地說。

她不單單只是想救吳常，而是清楚這些案子沒有吳常破不了。兇手太強大了，單憑她一個人怎麼能將他繩之以法？

小智一臉茫然不解地看著志剛和潔弟，志剛卻是老早就看清她對吳常的心意，一時之間不知該說什麼。

潔弟隨即想起今生石上的畫面，不免深受震懾：吳常死時的臉、他的話、他的懷錶、自己扶住他的姿勢……一切的一切，都跟今生石上演的一模一樣！

「是真的……沒想到都是真的……」她喃喃自語道。

「妳到底要做什麼？」志剛察覺她臉色有異，搭上她肩的手掌又是一緊，連忙勸道：「妳如果出了什麼事，妳爸媽怎麼辦？幹嘛為了別人這麼拚！自己的命才是最重要的不是嗎？」

前世的記憶如今已回歸，陳小環與王亦潔已經疊合了。她憤怒地甩開志剛的手，激動地嚷道：「你怎麼能說這種話！我姊姊的命就不是命嗎！你爺爺、爸爸、孫無忌，他們誰不是別人的兒子、別人的爸爸！」

「別救我！」她反手從背包抽出瑤鏡劍，對志剛和小智，也是對瑤鏡劍說。

接著劍尖對準，閉緊雙眼，使勁往自己的腹部刺進！

「王亦潔！」志剛錯愕地大叫，立即伸手扶住她。

「潔弟！」小智也跑了過來，但揹著吳常的他沒有空出來的手能攙扶她。

好痛！痛死了！

她想尖叫又怕會嚇到他們，只能抿住嘴唇，跪在地上，將哀嚎都吞進肚子裡。瑤鏡劍鋒利無雙，瞬間將她刺了個對穿。肚子像被烈火灼燒、撕裂，雙手也感到一陣令她心慌的暖流，她不敢低頭，怕看到自己身上、手上滿是鮮血的畫面。一抬頭，便看到垂落在小智左肩上，閉著雙眼、不再有任何表情的吳常。

他臨死之前對她說的話，仍言猶在耳：「沒死之前，都不准放棄！」是以她用盡全力，回應他：「死了也不放棄！」

隨即視線一黑，志剛與小智的呼喚，也跟著消失……

＊＊＊

志剛眼睜睜地看著潔弟在他面前自殺，頓時一陣心涼。他正要按住她的傷口時，空氣中像是有隻無形的手將那把劍給拔了出來！

剎那間，隨著劍身上一抹鮮紅，熱血四濺，志剛與小智被噴得滿頭滿臉都是血！那劍先是在空中閃了下銀光，接著竟自己掉頭轉刺了吳常腰部深深一劍！

小智忙閃身，卻慢了一拍。志剛才正要出手阻止，它自己又先閃了閃金光，忽地墜落地面，鏗鏗兩聲，劍身瞬間鏽化，再也沒了動靜！

一切發生得太快，令人措手不及。志剛與小智看著地上的劍，皆呆愣在地，難以相信方才親眼所見。

「這……你……」小智支支吾吾地說，「這劍……你有看到嗎？」

「嗯。」志剛應道。

他心理素質遠勝小智，很快便鎮定下來，正想用潔弟背包裡的醫療繃帶幫他們包紮、壓住傷口，卻又赫然發現兩人的劍傷竟在彈指間便自己癒合了！

「怎麼可能！」志剛暗暗驚道，接著又若有所思地點了點頭。

他彎腰拾起劍、橫抱起潔弟，對小智說道：「走吧，我們還不能放棄！快！」

第十五章　任務

瑞士蘇黎世，數間瑞士銀行的全球總部，以逾百年的典雅莊重之身，將全瑞士最昂貴的黃金地段——閱兵廣場（Parade-Platz）環環包圍。

其中一排羅馬與哥德混合式的建築聳立在廣場東北方，頂樓中央一扇落地窗內，是間寬敞明亮又裝潢奢華的辦公室，一場爾虞我詐的商業談判正在上演。

「你們對我們黨長期的支持，我們很清楚，所以我們對外一直主張採買你們家的產品。」一名身著淺色西裝、紅髮藍眼、體態輕盈的中年女子——艾瑪以德語說道。

她坐在辦公室中的一處杏色長沙發中，神情明顯有些坐立不安。

「我真的很希望，這次也能把這筆訂單下給你們，」艾瑪停頓一會，又說，「但是現在這個價格……」她搖搖頭，「實在超乎我們預算太多了。」

「其實以黑維埃公司的規模，就算少了這張單子也無所謂，但是對我們可就不一樣了！」一名坐在艾瑪對面，穿著黑色西裝、身材結實的金髮男人——史提夫操著英文急道。

史提夫身旁的隨行特助立刻連珠炮彈地將英文翻譯成德文，讓坐在茶几對面的艾瑪與一名身穿剪裁俐落黑套裝的黑髮女人、穿著深藍色西裝的棕髮男人能夠理解。

待特助語畢，史提夫又迫不及待地對艾瑪和黑髮女子說：「妳也知道我們公司現在面臨財務緊張，要是能拿到這張大單，我向你們保證，我們公司絕對可以繼續正常運作，繼續為你們提供客戶售後服務！」

黑髮女人始終不發一語，只是面無表情、冷漠地看著他們。她留著一頭烏黑的長捲髮，擁有精緻美麗的五官，瞳色還是極為罕見的藍紫色。她看起來像二十多歲的年輕女人，一點也不像是這間擁有全球十一萬員工規模、全球頂尖軍火商之一——黑維埃公司的ＣＥＯ。

「其實我是可以不事先通知妳的，」艾瑪態度忽轉強硬，「我只是不希望這筆生意影響到我們長期的夥伴關係，才提前親自告知妳。妳要嘛就降價，」她指著史提夫，「要嘛就把這筆訂單讓給他們馬丁公司！」

史提夫擺低姿態，敲邊鼓道：「妳看在我們這麼多年，一直是你們委外售後維修供應商的份上，就把這筆訂單讓給我們吧？」

其特助尚未開口翻譯，坐在黑髮女子旁邊的棕髮男子——路易便沉不住氣，站起身指著史提夫的鼻子，以流利的英文罵道：「你還知道你們是我們公司的委外商啊！那你跟我們進維修零件，私下自己組裝成產品，直接跟我們搶客戶的時候，怎麼沒有意識到這點？賣我們的產品已經夠不要臉了，現在居然還好意思要我們把訂單讓給你們！」

史提夫見路易精通英語，便直接回答他道：「有利可圖的事情誰不想做？」他一臉無辜地說，「再說，我們的合作合約裡，本來就沒有規定不能組裝你們的零件成產品對外販售啊。要怪就怪你們家法務，怎麼會是怪我們？」

「那是信任！」路易大為光火，碧綠色的眼珠盈滿盛怒，「我們已經合作了四十三年，每年合約都是採續約的方式。誰會料到你們會這麼做！」

「所以我才說是你們家法務的問題嘛。」史提夫繼續大言不慚地說。

黑髮女子擺擺手示意路易安靜。她終於開口以德語對艾瑪說：「如果我沒記錯的話，這張單子的合約是兩年，30％-70％付款，每月分批交貨對嗎？」

「對。」艾瑪微微皺眉，點點頭。她對這位今年空降的新任ＣＥＯ不太有好感，說話總是面無表情，聲音也不帶任何一絲情緒。根本令人無從揣測她到底在想什麼。尤其是當那雙冰冷的藍紫眼眸看過來時，更是令人心裡發怵。

黑髮女子看向史提夫說：「我們這期的合約只到今年底，如果期滿不再續、不再提供你們零件，你們還有辦法持續組裝成產品出貨？」

史提夫經特助翻譯後，貌似誠懇道：「謝謝妳的關心。不過我們馬丁公司的研發部門還是有些能力的。到了六月下旬，新工廠正式啟用，就可以開始自行量產零件。」

「相信妳應該明白你們公司目前的處境了吧？」艾瑪再次提起，「你們還是不打算降價？」

「不打算。」黑髮女人惜字如金地說。

艾瑪與史提夫互換一下眼色，眼神中藏著竊喜的光芒。

黑髮女人自沙發上站起身，神色淡然道：「謝謝你們特地親自跑一趟知會我。我還有其他工作，如果沒有別的事，那今天就先談到這吧。」

穿著黑色合身西裝的她，身型異常嬌小，然而與生俱來的貴族氣息與強大氣場，還是令他人完全不敢小覷。

「期待以後的合作。」艾瑪禮節性地與黑髮女人握手。

「我也是。」黑髮女人回握，淡淡一笑，同時對路易說，「路易，麻煩送客。」

路易神情明顯不悅，仍應道：「是。」他轉向艾瑪、史提夫和他的特助說，「請跟我來。」

＊＊＊

艾瑪與史提夫在黑維埃公司樓下的閱兵廣場，旁若無人地吻別之後，便先行離開。

史提夫與特助從廣場走向車站大街（Bahnhofstraße）。前者因順利完成此次任務，可以回去交差而愉悅輕鬆地吹著口哨；後者則一路愁眉苦臉、憂心忡忡的樣子。

「幹嘛？事情都結束了，怎麼還是苦著一張臉！」史提夫取笑著從小看自己長大，以前也是擔任爸爸特助的男人說道，「我就說你們想太多了吧！」

「這次太順利了。」特助搖搖頭道，「一定還有什麼是我們沒想清楚的。我們還是趁艾瑪還沒有正式開標之前抽身吧？」

「你想太多了吧！」史提夫搭著他的肩，得意洋洋地說，「現在連艾瑪都站在我們這邊，他們黑維埃哪有什麼勝算！我這次就故意邀艾瑪一起來，結果你看，那個小女孩還不是連個屁都不敢放！真不知道那個女的是怎麼當上ＣＥＯ的。」

特助聽他這麼一說，不禁又是搖頭嘆息，心想：同樣是繼承人，兩者怎麼會差這麼多。史提夫這一趟出門，簡直就是丟人現眼啊。

「啊對了，你覺得要買什麼禮物給愛菁莉好？上次送她的項鍊被嫌沒誠意。」史提夫說。

「我現在哪有心思想這個啊！」特助仍想著剛才談話的內容。

「拜託，事情都已經定案了，就別想了好嗎？真不知道你跟爸爸兩個人在擔心什麼！」史提夫不耐煩地說。

「你不明白。那可是黑維埃啊。」特助感到隱隱不安，「黑維埃家族，從不做賠本生意。」

＊＊＊

路易快步走進ＣＥＯ辦公室，忿忿不平地對坐在辦公桌後，低頭審閱文件的黑髮女人說道：「Ombre，難道我們就眼睜睜地看馬丁公司把我們的客戶搶走嗎？史提夫也真是無所不用其極！為了訂單，連艾瑪都勾搭上了！」

「馬丁公司的財務危機不是因為上半年單量減少和美元上升造成的原物料成本增加。」

黑髮女人眼睛仍未離開文件，只是改以他們兩人的母語——法文向路易解釋道。

「什麼意思？」路易有些納悶。身為CEO特助的他，一直都難以跟上Ombre跳躍式的思考。

「而是他們為了建立一條龍產業鏈，不惜超貸投資的決策。」

「這也不意外啊。畢竟零件廠都被我們壟斷了，他們想分這塊大餅，當然最好從源頭開始就自己做啊。」

「這就是重點。」Ombre藍紫色的眼睛銳利地瞥了他一眼，「史提夫與艾瑪完全不懂技術，他們忽略了最根本的問題：沒有穩定的原料供貨，是無法長期量產零件的。」

與吳常不同，她的瞳色一直是藍紫色。而吳常只有在情緒激動時，瞳色才會短暫由黑轉紫。

「原料？呃，我其實也不知道那些零件是用什麼做的……」路易有些尷尬地說，「不過，既然馬丁公司打算做一條龍，而且都敢跟我們搶單了，應該也對上游的原料供應很有把握才對啊。」

「我昨晚花了整整一個小時看了他們公司二十年來所有的財報和新聞稿，」Ombre說，「他們十年前就開始陸續斥資在中非買下兩個生產必備的稀有金屬礦產地，只是一直到五年前才取得開採權。」

路易對於Ombre如AI般驚人的資料吸收速度早已習以為常，所以他並未因此感到訝異，只是不太明白地問道，「所以？那他們怎麼會沒有原料？」

「半年之內就會沒有了。」Ombre將手中甫簽署完的文件遞給他看。

路易接過來一看，雙眼立時瞪得老大。他怎麼也沒料到Ombre竟然會在一個晚上就成功談成這樁大買賣；出售大批軍火給礦產地附近的反叛軍軍閥。只要軍閥得到足夠的武器，政府軍在短時間內根本不是對手，當地很快就會政治變天。

而戰火連天之下，別說是採礦，礦工、居民早就先逃光了。礦產地很快就會落入軍閥的手中，由其利用或轉手變賣，以獲取更多精良的武器。

「就算他們今年沒有得到這張單，也未必撐不下去。」Ombre繼續解釋，「畢竟馬丁公司在外到處打著我們『黑維埃公司委外商』的名號，要借貨太容易了。但是如果他們明年交不出貨……」

路易接著把她的話說完：「光是賠償的違約金，就絕對足以讓他們倒閉！」

單單只是拿到這張軍閥的大單，就已經佔全球全年度15％的業績目標！相較之下，被馬丁公司搶走的政府訂單，根本不值一提！路易驚嘆地想著。

他對Ombre的欣賞與敬畏又多了一分：這個女人真的是集全世界的理智、謀略與冷酷於一身！真不愧是黑維埃家族的人！

「記住，」Ombre將辦公椅轉一百八十度，低頭俯瞰窗外，那雙藍紫色眼睛馬上聚焦在廣場上的史提夫與其特助，改以中文說道，「兵者，詭道也。」

第十六章
救

吳常從有記憶以來，就常常做夢。夢中的內容永遠都相同，只不過有時只是片段，有時卻是完整的。例如，他在受邀到金沙渡假村表演魔術的前一晚，所做的夢便是如此。

「豈有此理！罰惡司判官！」閻羅王橫眉直豎，瞪向右方，拍桌喝問，「卿何以諫言判張之德下刀山地獄！」

大殿樑柱隨即猛烈震動，高臺之下，眾武官與小差皆左傾右晃，紅毯中央跪著的張之德則嚇得五體投地，不敢睜眼抬頭。

「取人性命本即重罪，張之德殺了陳肖武，故建議依刑法簿判處此刑。」坐在賞善司右邊的青綠袍罰惡司判官鎮定對答。

「是非曲直豈能如此照本宣科、輕易定奪！張之德是為救其妻兒，才失手殺了盜匪陳肖武啊！卿屢次重判，與本王心意甚遠，如何為本王先行審理、分憂解勞？」

「臣掌筆辨明，受命於天，定當殫精竭慮。可臣確實不明白大王心意。為何諸多草民犯了過錯，卻不能依刑法簿判處對應之刑責？」綠袍罰惡司判官反問道。

「哼！酷吏比貪官污吏更可恨！」閻羅王聖顏大怒，「朗朗乾坤，厚德載物；律例之外，尚有情理。這點道理，卿難道不明白嗎！」

「大王息怒。」位居閻羅王左側的藍袍判官起身一揖，「罰惡司判官確實難以明白。」

「此話何故？」閻羅王尚在氣頭上，語氣威嚇懾人，「愛卿莫因與其有前緣，而替其說情！」

「臣不敢。」藍袍判官低頭說道，「臣翻閱生死簿得知，其原為巨岩，歷經萬年修行為精，卻為了救一隻貂妖而喪命。好不容易再次轉世為人，卻又胎死腹中。既然從未經於人世，如何能有機會通曉人情世故呢？」

經藍袍判官提醒，閻羅王才陡地想起確有此事。

「確是如此。」祂緩緩點頭，撫著長鬚思量，怒氣已先消了泰半。

陰間「罰惡司」的職責是在地府十王審判之前，先行羅列、審理善惡記錄簿中，為非作歹之罪過，並依陰間律例建議判處之刑責。

陰間用人唯才，只要有意願為官，在世時未犯重罪，且魂神品行符合條件，一律不溯及既往、不問陽世功過是非。

而罰惡司判官品性要求與考核極嚴，必須絕對的剛正不阿、清廉正直。歷來擔任此位者，大多在世時是忠良賢士，也有少數情況是秉性純良之妖，但像綠袍判官一樣生前是石頭一塊的情形，可還真是前所未見。

閻羅王沉吟一會，心中有了主意。

「這樣吧，本王念祢從未為人，無法領略生老病死、愛恨情仇；更不懂得憐惜蒼生造化之不易。故命祢轉世為人，至紅塵修煉。直至通曉人性、悟得情理，方回陰曹領命歸位。」

綠袍罰惡司判官雖大惑不解，還是彎腰應道：「臣遵旨。」

＊＊＊

Ombre 的右眼皮又在跳了。自從她接到吳常那通電話，便罕見地一直感到非常不安。

那天，他在電話裡頭告訴她，最近正在調查一件陳年冷案。在調查的過程中，遇到許多現今科學尚無法解釋的現象，令他越來越感興趣。

然而，洞察力敏銳的 Ombre 從吳常的口頭描述察覺這件案子不好收尾。倒不是懷疑吳常無法查出真相，而是查出之後，恐怕也難以將當年幕後主使者繩之以法。

趁著吳常打來，Ombre 也藉機詢問，為何他前幾天又要公司內部研發中心寄一套戰鬥裝備給他。

沒想到吳常這回卻反常地一個字也不透露！

Ombre 察覺事有蹊蹺，直覺告訴她，吳常即將要做的事恐將有生命危險。

「你不告訴我這套裝備是要給誰、用在哪的，就別想拿到！」Ombre 語帶威脅地說。

「那算了，當我沒說。」吳常回答得乾脆。

接著電話那頭傳來：「嘟、嘟、嘟⋯⋯」

「Lumière? Lumière !」Ombre 那雙美麗清澈的藍紫色眼睛瞪著桌機，不可置信道，「竟然掛我電話！」

一旁的路易見狀忍不住偷笑，心想：全世界大概也只有 Lumière 敢這樣對 Ombre 吧！

「LEOSTE!」Ombre 立即命令 AI 管家——雷斯特，「我要遠端進入 Lumière 的筆電，查看他這一個月來開過的所有檔案和瀏覽過的網頁。」

「Hi Ombre !」雷斯特帶磁性的低沉嗓音答道，「很抱歉，妳沒有這個權限。」

Ombre 聞言，瞇起冷冽的藍紫色眼睛，卻藏不住迸發出的殺氣與危險氣息。路易可不想掃到颱風尾，見苗頭不對，急忙往後退，想先離開辦公室。

「不錯，這傢伙竟然駭進我們總部的主機，把我的權限給覆寫了。」Ombre 冷眼掃過辦公室，焦點落在路易身上，「你去哪？」

「廁所。」路易隨便扯了個藉口。

「去把研發中心的負責人叫來！現在！」

「是！」路易急忙開溜。

***

Ombre 承認，自己確實熱衷權謀與鬥爭，更享受這個職位帶給她的權力與地位。若非她戀棧，早就飛去季青島找吳常了。

她不知道為什麼吳常居然還願意回季青島。她恨季青島，恨入骨髓；恨它帶給吳常、帶給自己還有吳、黑維埃兩家的悲劇，即便那裡曾是他們的根。

想到季青島，她的左眼皮彷彿跟右眼皮說好似地，輪流跳了起來。今天她撥了好幾通電話給吳常，但後者一直沒接，令她越發坐立難安。

對於路易來說，一向不露聲色的 Ombre 現在的表現確實很反常。他開口關心道：「Ombre，需要我做什麼嗎？」

Ombre 眨了眨眼，深吸一口氣，像是做了什麼重大決定：「要！準備跟我一起去季青島一週。」

「什麼時候？」路易頗為錯愕地說。

「現在。」

「啊？那接下來的Q2會議、董事會議——」

「你現在的位子值年薪十六萬歐元，」Ombre 打斷路易的話，「如果你沒有能力解決，後面還有很多人搶著做。」

「是。我知道了。」路易硬著頭皮回道。

「從敘利亞調十人傭兵過來，聽得懂中文最好，至少要會英文。軍醫、智庫顧問也要隨行。」Ombre 邊說邊手腳俐落地整理文件，「除了裝備以外，也要準備維生艙。以防萬一，多帶一個備用。」

「是。」路易腦中快速羅列出清單。

Ombre提起公事包，大步走向門外的私人電梯。

電梯開啟，她閃身入內，食指按了一樓大廳鈕，又連按好幾下關門鈕。

她心亂如麻地想：Lumière，你可千萬不能有事啊。

***

二十一年前，法國的達菲河（Rivière d'Alphée）河畔，矗立著一座自中古世紀便存在至今的黑維埃達菲莊園。

這座莊園屬吳常與黑茜的母親——黑羅蘭（Violette Rivière d'Alphée）所有。宅邸內每間房間都是以法國偉人命名，例如主臥是「雨果」，吳常的臥房是「笛卡兒」，姊姊吳茜的臥房則是「拿破崙」。命運總是如此撲朔迷離、奇詭曲折，早在所有人都沒注意時便悄悄灑下了線索，以房名預示了一家四口各自的未來境遇。

寬敞的笛卡兒房內，數百本生物物理化學書籍、軍武航太天文圖鑑散亂一地，書桌與五斗櫃上隨處可見槍枝模型和化學實驗器材。天花板懸掛著吳常最喜歡的隱型戰鬥機、軍事衛星和串聯火箭模型，八角窗邊還有一台天文望遠鏡，對準著距離地球兩百五十萬光年的仙女座星系。

年僅五歲的吳常正靜靜在床上熟睡著，胸口隨著呼吸規律地上下起伏，肥嫩卻蒼白的小手臂上仍插著點滴。術後出院，一流的醫療團隊隨即入住宅邸客房，二十四小時輪班照顧他。

一身病服的姊姊吳茜在護理師的攙扶下進入房內，緩緩來到床邊凝視著幼小的吳常。此刻他們倆的臉都是同樣的蒼白，身體都是同樣的孱弱。然而窗外的陽光灑在吳常肉嘟嘟的稚嫩臉蛋，看上去是無比的聖潔，像是教堂裡中古世紀油畫上的小天使。

望著弟弟童稚的臉，吳茜心中只有慚愧。

打從他一出生，瓜分走父母的注意力和關愛時，她潛意識便把他當成競爭者，從未給過他好臉色。等到她五歲時，兩歲的他展露出毫不遜於她的天資時，她便心生忌憚，甚至萌生殺機，打算在他毫無反擊之力時先下手為強。但是每次都被看似毫無心機的他給識破而失敗。儘管如此，他也從未告訴過任何人，只將這些醜陋的企圖埋在心裡，而這些事也成了他們倆心照不宣的祕密。

她明明總是對他那麼壞，他卻在她因手術併發症病危彌留之際，毫不猶豫地捐腎給她，延續她的生命！

她一想到自己以前是如何欺負他，甚至數度企圖謀殺他，就感到萬分愧疚和虧欠。

她握拳心想：他這樣的人，善良得像光芒。應該要活得比任何人都好，應該要被好好保護才對。

想到這，吳茜對護理師擺擺手，要她出去、讓他們兩人獨處。護理師點頭便轉身步出房間，隨手將房門輕輕帶上。

吳茜如騎士受封銜般，扶著床沿在床邊單膝跪地，看向弟弟的神情是超脫年紀的莊重肅穆。

她仰頭鄭重起誓：「我以黑維埃達菲家族之名起誓，從今以後，只要我還有一口氣在，一定盡全力保護你、照顧你。不擇手段，不計一切代價！再給我十年。等到我成年後，你想要什麼，我都買給你。任何要求，只要你說的出，我一定為你辦到。如有違背，不得好死！」

吳常被她的聲音吵醒，長長的睫毛顫抖了幾下，睜眼悠悠醒來。一看到姊姊，便氣若游絲地喚她：「凱嘟。」

彼時她的法文名還是 Catherine（凱薩琳），Catou（凱嘟）是她的暱稱。她以法文回他道：「不，從此以後，我的法文名字叫 Ombre（安柏）。而你，你不是還沒想好要取什麼法文名嗎？你就叫『Lumière』（路米埃），綽號『Loulou』（路路）。」

吳常疑惑地說：「為什麼？」

「Lumière 是光的意思，Ombre 是影子的意思。」她伸手輕撫他柔順的深褐髮絲，「你就放心做你自己。放心發光。活得像太陽一樣光明吧。我將會是黑夜，不，我將會是你說的宇宙中最強大的暗物質，永遠在你身邊保護你，為你吞噬周圍所有危險。」

吳常清澈的雙眼一亮，喜道：「暗物質！光與影！有趣，真是太有趣了！」

她回以微笑，握住他的小手，將它靠在自己的臉龐，語氣堅定地說：「光與影永遠同行。」

＊＊＊

經過長途飛行與重重關卡，Ombre的私人飛機終於降落在金沙渡假村的停機坪。

走下飛機的階梯，再次呼吸著季青島的空氣，Ombre心裡五味雜陳：又回來了。真沒想到。

半小時之後，Ombre與路易第一時間在飯店客房部許經理的陪同之下，趕到P07套房，卻從廖管家口中得知，吳常已於一早出門。

就在路易打算提議先報警的時候，客廳忽然響起一陣警示音。

「嗶——嗶——嗶——」客廳視訊電話、電視牆、書房辦公桌上的筆電，甚至是Ombre的手機都同時瘋狂作響。

所有螢幕皆閃爍著求救訊息：SOS！

「這該不會是……」路易驚愕道，「緊急求救信號！」

客廳的全息投影機自動開啟，在玻璃茶几上投影出季青島地圖與求救訊號光點。

Ombre 臉色一凜，觸電般從沙發上彈起來。

路易也緊張地站起身，見到桌上的地圖，便問道：「這是哪？誰在求救？」

只見 Ombre 竟皺起眉頭，伸手在茶几上熟練地操作；五指由聚攏往外張開的同時，桌面的季青島地圖慢慢拉近、聚焦到島嶼北岸一個閃爍的螢光藍點，光點正上方持續懸浮顯示一行人名：Lumière。

路易愣了一下，接著神情緊張地問道：「到底發生什麼事？」

每次 Lumière 在外面捅了什麼婁子，都是 Ombre 出來幫他擦屁股。因此路易對那個跑去表演魔術的紈絝子弟一點好感也沒有。但這不代表他就樂見 Lumière 陷入危難之中。因為他深知，在 Ombre 心中，Lumière 是她唯一的軟肋，重要性甚至遠勝於親生父母。萬一 Lumière 有什麼閃失，他還真不敢想像 Ombre 會有什麼反應。

「LEOSTE，打給 Lumière。」Ombre 命令道。

「好的。」雷斯特立即應聲。十幾秒之後，他語帶抱歉地說，「現在連絡不到他。只要他的手機一有訊號，我會馬上通知妳。」

「他在那裡做什麼？」Ombre 問道。

「我不清楚。不過他在出門之前，有開通這個村子的模型權限給妳，妳要看一下嗎？」

「放出來，一併給我定位座標。」

「好的。」

茶几上彷彿起了造山運動似地，湧起老梅村的3D全息投影模型。

Ombre 一看座標，立即倒抽一口氣，臉色大變，心想：他怎麼會在那裡！他不可能有機會知道吳家的家族使命啊！

路易見 Ombre 瞬間面無血色，不免暗自心驚，心知大事不妙，連忙說道：「需要準備什麼嗎？」

＊＊＊

接連兩台救護車疾速駛進巽象市市立醫院車道。志剛與小智分別與隨車急救員跳下車，跟著擔架進急診室。

兩張擔架上的吳常與潔弟皆宣告 OHCA（到院前心肺功能停止）。急診護理師也立即衝過來安排空位，並再次確認生命徵象。

一位急診醫生經志剛簡略說明後，面露困惑。

「先生，請你不要開這種玩笑，」醫生指著潔弟腹部與吳常腰部的傷疤說，「就算這真的是劍傷好了，這傷口沒有個半年、一年是不可能癒合成這種程度的。」

「是真的！」小智連忙跟著解釋，「我們自己也是警察，怎麼可能會開這種玩笑！」

志剛難得也有手足無措的時候，他實在不知該怎麼解釋。正在困窘無助之際，急診室外忽地停下好幾台 Benz 黑色廂型車，好幾個人下車直奔急診室而來。

走在前頭的兩位是穿著黑色西裝的男子；再來是三位穿著白袍、看起來像醫生的外國人。後頭則是一位體型嬌小、戴著墨鏡、身穿黑色合身洋裝的黑長捲髮女子，和身材高瘦、面貌俊帥、棕髮綠瞳的外國男人。

志剛見那三位醫生衝到吳常身邊，立即出手推開他們：「幹什麼！你們誰啊！」

「先生，請你不要干擾急救。」棕髮男人竟開口跟志剛說中文。而且非常流利。

「你他媽的又是誰？」志剛火爆地說道。

「這句話應該是我問你才對。」長捲髮的嬌小女人拿下墨鏡，明亮卻冷冽的藍紫美眸直視著志剛。

與此同時，三位外來的醫生與急診醫生說明來意，一同檢視吳常的身體狀況。

志剛立即認出眼前這位女子，不可思議地說：「妳……妳不是那個……妳怎麼可以入境？」

「Ombre Rivière d'Alphée，叫我 Ombre 就好。」

「『嗡』什麼『缽』啊，」志剛無法發出那個法文尾音，「聽起來好像化緣用的。」

「你認識我？」

「廢話！我是吳常的朋友！」

「他會有朋友？」Ombre 挑了挑眉，擺明不信，「哼！」

志剛不以為意，只是拜託道：「旁邊這個女生，她也是吳常的朋友，你們能不能——」

「不論她是不是，」Ombre 打斷他的話，她的目光始終看向被醫生包圍的吳常，「都跟我沒有關係。」

第十七章
條件

「不是啊，我是想問，你們的醫生能不能也幫潔弟看看？」

「能力上當然沒問題。但我不同意。」Ombre 理所當然地說。

小智一時還搞不清楚狀況，只是聽這女人講話的口氣而登時惱怒起來，破口大罵：「喂，嗡缽！妳這句話是什麼意思啊！」

「光是聽到你們可怕的發音，我耳朵都痛了。」Ombre 賞小智一記白眼，毫不隱藏對他的鄙視，「看在你們送 Lumière 來醫院的份上，我就勉強配合你們講中文。叫我『黑茜』吧。」

「原來有中文名字喔。早說嘛。」志剛言歸正傳，「既然妳都帶了三位醫生來，為什麼不能請其中一位看看潔弟？」

眼見志剛與黑茜靠得越來越近，路易一個箭步站在兩人中間，兩位黑衣保鑣則向急診主任出示文件、講明來意後，也立刻走過來護在黑茜另一側，以擋下小智的怒火。

「人命關天，怎麼妳還好像事不關己的樣子！」小智又隔著保鑣對黑茜喝道。

「荒謬。這些軍醫的時間、產出，甚至是擁有的知識，」黑茜食指指尖輕點太陽穴，「都是我們黑維埃公司的資產。難道我怎麼運用公司資產，還需要經過你們同意嗎？」

小智口拙，不知該如何反駁，心裡直罵道：這女的看起來跟潔弟差不多年紀，怎麼講話這麼機掰啊！她到底是誰啊！

黑茜身高還不到小智的胸部，體型在他面前就像個小學生。然而她面無懼色地抬頭直視小智，冷冷說道：「我就是要集中資源急救吳常。再說，現在不是也有其他醫生在幫那個女的急救嗎？」

與此同時，吳常與潔弟兩人分別在現場護理師與急救員的幫助下從擔架轉到病床上，分別被推進 OR07 與 OR08 手術室。

＊＊＊

OR08 手術室外的指示燈忽地一滅，志剛與小智幾乎是同時從長椅上跳起來。

時間接近午夜，等候區沒幾個家屬親友在守候，小智一看到醫生往他們的方向走來，立刻迎上前問道：「怎麼樣、怎麼樣？」

醫生搖搖頭，神情嚴肅地說：「很遺憾，我們沒能救回她。」

「你說什麼！」小智瞪大雙眼，呆愣在地。

志剛閉上雙眼，頹然倒在椅子上，雙手習慣性地往後梳過頭髮，接著雙拳緊握，沉重地落在長椅上，發出一聲又一聲的咚咚悶響。

「王小姐到院前心肺功能已經停止了。我們試過所有想得到的辦法，還是沒能救回她。」醫生言語不帶太多感情地說，「真的很遺憾。」

「果然還是……」小智說不下去了，他將嘴抿成一條線，努力忍住快要奪眶而出的熱淚。

「辛苦你們了，警察先生。」醫生說，「我相信你們後續一定還有很多事情要處理，我就不打擾你們了。」

小智很想禮貌地回應醫生，答謝他們的辛苦，可是他做不到。他怕自己一開口，眼淚就會掉下來。

警察怎麼可以哭？他想。

於是他什麼也沒說，只是低頭看著鞋尖，捏著褲管。緩了口氣，他回頭看向隊長，正想問他接下來該怎麼辦時，OR07手術室的指示燈也接著暗下來。

這次換他們後面一排的黑茜和路易站起身。手術室走出三位黑茜帶來的軍醫，他們皆面色如土，步伐遲疑地走向黑茜。

不用說也知道，吳常沒能救回來。

黑茜視線掃過他們，面無表情道：「說話。」

一位護理師對黑茜招手說：「小姐，請跟我來。」

黑茜微微仰頭，極力壓抑著情緒，全身僵硬地跟在護理師身後走去。路易則不發一語，皺著眉，與兩位黑衣保鑣一起隨行。

「走吧。醫生說得沒錯，」志剛的眼睛佈滿血絲，對小智說道，「我們還有很多事要做。但在此之前，還得去看他們倆最後一眼。」

＊＊＊

兩張病床併排著，上頭兩具冰冷的軀體都已蓋上白布。如同急診室的其他日子，兩條生命正式在此劃下句點。

在護理師的陪同協助之下，一見到白布底下，吳常那灰中帶青的臉龐，黑茜頓時倒抽了一口氣。

她伸手輕柔地撫摸著吳常的臉，透過指尖感受那冰涼的溫度。

「對不起……」向來唯我獨尊、冷血無情的黑茜竟流下兩行清淚，「我沒有保護好你……對不起，」她頭靠在吳常臉旁，悲泣著說，「我來遲了……」

其中一位軍醫急著以英文向 Ombre 解釋：「他不只心臟麻痺，肺部還有大量的寄生蟲，清都清不完！還好都已經死掉了，要不然很難說不會傳染！」

「傳染？」黑茜抬起頭，冰冷的紫瞳凌厲地看著那位軍醫，「你以為我現在還在乎其他人的命嗎！」

「請妳冷靜一點！我們真的盡力了！」另一位軍醫說道。

「盡力？一群廢物！你們根本就不知道什麼是盡力！不如這樣吧，」黑茜的眼神瞬間迸出殺意，「我現在就示範給你們看，什麼叫做盡力！」

第三位軍醫驚恐地抓著黑茜的手，哀求道：「拜託放過我的家人吧！求求妳！我們都已經按照妳的吩咐盡力急救了！他真的沒救了啊！」

黑茜猛烈甩開他的手，下令道：「路易，把路路裝進維生艙裡！」

「可是這樣做不符合季青島的法律啊。我剛才聽護理師說，這裡非自然死亡的情況，需要先經過法醫驗屍、檢察官開立死亡證明書等等的程序，才能帶走遺體。」路易冷靜地分析道。

「誰說他死了？」黑茜瞪他一眼，「我要帶他回瑞士急救。」

「Ombre，這裡不是戰地。這家醫院的設備非常齊全，醫療水準也很高。就算帶回瑞士，也沒有其他的辦法可以救。倒不如早點讓他安息吧。」方才第二位開口的軍醫勸道。

「吳常還有救！我可以幫你們暫時將吳常放進維生艙而不必有任何法律責任。」志剛說道。

黑茜、路易與三位軍醫同時回頭看向他。

「什麼意思？」路易納悶道。

「條件是？」黑茜防備地說。

「潔弟也必須進維生艙。」志剛說道。

「只要可以救路路，這些都不是問題！你快說誰有辦法救他！」黑茜慌不擇路，連忙又問。

「就是她。」志剛指向吳常旁邊，身軀同樣冰冷的潔弟，「她如果醒不過來，」志剛刻意加強語氣，「吳常，必——死——無——疑。」

「我警告你，」黑茜怒視志剛，「從來沒有人能跟我開玩笑而不付出代價。」

路易聞到煙硝味，立即開口打圓場，對志剛說：「先生，你身為警察，講話前應該要更謹慎一點才對吧。她一個死人，連自己都救不活了，怎麼有辦法救別人？」

「我以警察的身分發誓，如果你們按我說的做，他們還醒不過來，你們大可以告我干擾就醫！」志剛聲音放輕，「我可以將事情的來龍去脈原原本本地解釋給你們聽，不過到時候他們兩個搞不好都腐爛發臭了。你們先把他們放進維生艙，等到聽完我的解釋，再把吳常帶走或是把潔弟丟出來也不遲。」

路易和三位軍醫看向黑茜，等她下指令。

「把路路放進維生艙。我們立刻回瑞士。」黑茜堅定地說。

志剛還想說什麼，一位護理師忽然走了過來，將手上一大堆東西交到他手上。

「警察先生，這是急救員從救護車上拿下來的。」護理師說，「應該都是王小姐的東西。請你確認一下。」

志剛接過來的同時，被黑茜一把從中搶走戰術頭盔，不可思議地盯著頭盔說道：「這是我們公司還在測試階段的戰鬥裝備！為什麼會在她那？」

「我說過了，潔弟是吳常的朋友。」志剛哀傷地說，「他把唯一一套裝備給潔弟了。」

「憑什麼！像她這樣可有可無的女人，憑什麼用路路的裝備！」黑茜憤怒地罵道。

「喂！妳說話給我放乾淨一點！」小智衝上來，被黑茜的保鑣攔住。

「乾淨？哪裡不乾淨！我說的不對嗎？」黑茜義正嚴詞地說，「像你們這樣低微的跟螞蟻一樣的東西，有什麼資格跟我的路路相提並論！」

「茜！」路易以眼神制止她別再說下去。

「我為什麼不能說？要不是她，路路說不定根本不會死！就是她——」黑茜說到一半，倏地止住聲。

她注意到志剛手上那疊衣物裡頭，一件正在閃閃發亮的東西。一個雕花古銅懷錶。

志剛注意到她的目光，主動將懷錶遞給她。

黑茜熟練地將懷錶打開，看見裡面自己的照片，眼眶又是一濕。在淚水朦朧視線之前，她注意到照片放得並不平整。出於直覺，她將照片抽出、翻過來一看，上頭用鋼筆寫著一行字：Ombre，救潔弟！只有妳能幫！

黑茜一眼就認出是吳常的筆跡，她心想：路路，我說過，只要你說的出，我一定為你做到！你要什麼我都可以答應你！只要你能醒來！

她捏了捏照片，閉上雙眼，淚水再次滑落臉頰。

幾秒之後，黑茜睜開雙眼，面色已恢復如初，口吻也已恢復鎮定：「路易，把備用的維生艙也拿來。」

「謝謝！」小智又驚又喜道，「隊長，太好了！」

「先別高興的太早。維生艙最多只能維持七天，而我隨時有可能改變主意。」黑茜依然冷著臉對志剛說，「趁我還沒改變主意之前，你最好盡快跟我解釋清楚這究竟是怎麼回事。」

第十八章 望鄉台

志剛與小智一路解釋到淩晨四點，總算讓黑茜清楚一切經過。路易雖中文程度很高，但文化上的差異仍是一條難以逾越的鴻溝，所以很多常理難以解釋的事情，他不能完全明白箇中奧妙；尤其是在短時間內佔據吳常肺部，使其窒息而死的屍蟲。

蠱術是中國雲南與泰緬寮三國北部一帶流傳千年的邪術之一。根據近代醫學研究，蠱的種類、來源、畜養方式雖多而繁雜，但歸根究柢，真正發揮作用的都不是蠱本身，而是其帶有的寄生蟲、細菌和真菌。

二次大戰期間，日本七三一部隊也曾對蠱術加以研究，並培植出毀滅性的細菌，發起細菌戰殲滅目標地區的全境人畜。

由於寄生蟲或細菌一類難以澈底根絕，黑茜命令軍醫立刻從吳常體內取出屍蟲樣本，送去黑維埃公司在泰國北部設立的熱帶疾病與醫學研究中心，以期能盡快分析、研究出根治方法。

在志剛的幫忙下，兩台維生艙皆先暫時放置在醫院的國際病房裡，由護理站一併看管。而黑茜一行人則帶著吳常與潔弟的戰鬥裝備，回金沙渡假村休息。小智還得先搭計程車去老梅村，將自己的車給開回來。至於志剛那台千瘡百孔的車，看來只能報銷了。

志剛心想：反正暫時也想不到辦法能把它拖吊出來。就先讓它待在裡頭吧。

志剛不知道小智搭上計程車的時候是在開心什麼。彷彿一旦塞進維生艙裡，吳常和潔弟就鐵定會醒來似的。

維生艙的確是可以隔絕外界污染與細菌侵入，維生原理則是利用不間斷的微電流及遠紅外線使人體被動維持在睡眠狀態，各器官機能持續發揮最低限度的功能，血液也能持續流動。

然而，路易卻也明白說了，依據過去的實驗與應用數據，維生艙維持生命的時間平均只有兩到三天，七天的案例僅僅有過一次。即便如此，兩到三天也足夠在實際應用時，將傷兵從戰場送回大醫院救治了。

可是潔弟和吳常這次去的不是戰場啊。是沒有活人可以去的地方。志剛心想。

雖然剛才是他自己說服黑茜將兩人放進艙裡，可其實他一點把握都沒有。他認為兩人早就都死了，只是心裡還有一小部分倔強固執地不願放棄、不願承認、不願面對。

早晨六點，志剛疲憊萬分地從醫院地下街的便利商店走出來，手中握著一杯熱騰騰的美式咖啡，卻感到無比的寒涼。

他輕啜一口咖啡，味道卻遠不如心裡苦澀：為什麼死的都是不該死的，該死的卻怎麼都死不了！

「汪、汪！」忽然一陣響亮的狗叫聲在志剛身邊爆起，在凌晨寂寥的醫院地下街中，顯得特別突兀而驚心。

他的反應與便利商店店員、走廊上的住院醫生和兩、三位家屬一樣，立即警覺地左顧右盼，搜尋著狗的蹤跡，卻一無所獲。

幾秒之後，志剛才發現，聲音來自於褲子口袋。是潔弟的手機。

由於音量實在太大，他急忙將之取出，想趕緊將手機關機。卻發現這一連串狗吠竟是來電鈴聲。

此時螢幕上的來電顯示是「毒舌媽咪」。

儘管名稱滿有趣的，但志剛卻只感到一股心酸：要接嗎？接了我到底該怎麼跟她說？

「Hi，我是妳女兒的朋友。跟妳說個壞消息，妳女兒死了。」這樣嗎？

「汪、汪！」狗叫聲仍在持續，像是在催促志剛下決定。

他抬頭，周遭射來的視線已經從好奇、錯愕轉為不耐煩與厭惡。

志剛深吸了一口氣，接起電話：「喂。」

「喂，我看妳房間裡有行李箱耶！是不是買新的啦？這個沒在用就借我幾天吧！妳小阿姨這次約我——」潔弟的媽媽忽然停下來，愣了足足兩秒，才又說，「呃……呃，你是誰啊？」

「我是潔弟朋友。」志剛說道，「她手機留在車上，忘了拿下去。」

「這樣啊。」潔弟的媽媽不疑有他，「那你是遊覽車司機吧？幫我跟她說一聲，我借她的行李箱幾天。等我從韓國回來，就幫她準備她最愛的糖醋魚和醉雞，等她回來……」

志剛越聽越覺得鼻酸，他抿起嘴、抬起頭，眼睛慌亂地看向四處，想轉移此刻感傷的情緒。

「我女兒啊，腦子迷糊、講話又白目，可是絕對是個好女孩！有什麼得罪的地方，還請你多多包涵啊！」

「不會！沒有這種事，她很優秀！」志剛勉強鎮定地回說。

「唉，不好意思讓你聽我說那麼多。」潔弟的媽媽不好意思地說，「你也知道，我們爸媽講起孩子就沒完沒了。那我就不打擾你了，我女兒麻煩你多多照顧啦！就這樣啦！掰掰！」

「嗯，掰掰。」志剛立刻掛電話。

他沒辦法再面對潔弟的家人。哪怕是再一秒都沒辦法。

＊＊＊

人生是不公平的，除了死亡。人的一生中，不論擁有何種出身、境遇，終會殊途同歸，邁向生命的終點，踏進陰間。

亡者在見過三生石，知曉自己前世因果業報、今生功過是非之後，得以先在忘川河畔、懸崖邊緣的望鄉台見遠在天邊的家人最後一眼，再到奈何橋橋頭飲下孟婆湯，忘卻一切愛恨情仇，走到橋的彼端、重頭來過。

祂在世時品性端正純良，閻羅王原欲賜祂任賞善司的小吏一職，但祂婉拒了。祂只求做望鄉台上維持秩序的小差。職位雖比賞善司官員低微許多，卻是祂唯一渴望的工作。

閻羅王雖當下直叫可惜，但也知其心中所念；既難捨故人又想當陰差庇蔭子孫。思量半會，遂准了祂的請求。

祂當差這些日子以來，望鄉台上總是人山人海，絡繹不絕。山下還有綿延千里的亡者排隊等著上山。

縷縷亡魂皆伸長脖子、睜大雙眼看向陽間，只求在有限的時間裡多看一眼自己魂牽夢縈的故土、故人。

台上紛亂嘈雜，充斥著哭喊與咒罵。而當陰差催促著亡者前進，祂們便會苦苦哀求，請陰差再通融個一時半刻。

但是祂知道不管通融多久結果都是一樣的。這些亡者永遠都看不夠、永遠都捨不得走。哪怕只是看那麼一眼，大多亡者都會捨不得眼前人事，就此裹足不前。

因為祂自己也是如此。

這裡鮮少有人知道祂在世時的身分，也沒什麼人喊祂本名。但是祂沒有一刻忘記自己的名字，更沒有一刻放下陽間的家人。

已經記不得自己當差多久了。祂只知道打從當差的第一天開始，祂便時時刻刻望向陽間，尋找那抹牽掛的身影。

＊＊＊

伴隨著早晨的溫柔光芒，志剛一個人提著一袋塑膠袋，在山間小徑中踽踽獨行。背影看起來既頹廢又孤獨。

志剛的爸爸安葬之後，他從來沒去上香祭拜過。隔了太多年，他差點找不到墳塚的位置、迷失在滿山遍野的墓碑之中。

墳前草木已高，墳丘上只有零星從他處飄來的紙錢與垃圾，若不是墓碑上還有著長滿青苔的墓主名勉強可辨，這墳看起來與無主墓並無分別。

志剛草草在墳前清出一塊空地，捏了撮土在碑前，點燃一支菸插在上面充當線香。見那白煙裊裊直上雲霄，他又點起一支菸，輕吸一口，將菸插在啤酒罐的易拉環上，將酒當作是供品。

他大剌剌地坐在空地上，從塑膠袋中拿出另外一罐酒，邊喝邊將這些年沒說的話，緩緩吐出。

「好久不見，死老頭。」志剛嘆了一口氣，像是不知該如何打開話匣子，又像是在與不熟的人說話那般的尷尬，「你知道嗎？我已經養成習慣了。每天晚上睡前，我都會打開皮夾，確認裡頭有沒有證件，桌上是不是擺好遺書。」

志剛輕聲說道：「因為我怕。我怕那些我拚了命攻堅逮捕、送入牢裡的垃圾，假釋出獄後會第一個來找我算帳。我怕鄰居聞到屍臭味的時候，接獲報案到場的警察會不知道我是誰。」

他停下來又喝了一口酒，接著說：「然後每天早上，鬧鐘一響，我醒來睜開眼睛，第一個念頭就是：我還活著！又賺到一天了耶！」他的言語充滿諷刺，口氣卻很苦澀。

微醺的醉意刺激著志剛的大腦，他的話像打開劇烈搖晃過的啤酒罐，猛然冒出的泡沫一樣，源源不絕，聲音也越來越大聲。

「你知道我過得有多苦嗎？為什麼你從來都沒有告訴過我當警察很苦？為什麼我一次都沒聽你說過？」

墓碑依然靜靜聳立，未曾發出聲響，只是聆聽志剛滿腔的不滿與怨懟。

「一走了之，很瀟灑是不是！喝了孟婆湯，將這一切忘得一乾二淨？」志剛站起身，鋁罐裡的啤酒也跟著搖晃灑了出來。

「你知道我有多努力想幫你和爺爺報仇嗎？你知道有兩個非親非故的人想找出當年真相、幫你和爺爺翻案嗎？」志剛對著墓碑大吼，「他們現在都死了！」

「哈哈，是不是很蠢？夠智障吧！」志剛苦笑道，「真相？正義？這年頭誰還相信這種東西！我都不信了！為什麼要拚命追求不存在的東西！」

志剛直指墓碑上的名字，大聲責問道：「那你咧？你又在哪裡？說話啊！」他又氣又心痛地猛地將鋁罐砸向墓碑，碑上的青苔霎時被啤酒潑濺出盈盈水珠，宛如四月的老梅綠石槽。

「怎樣，死老頭？瞧不起人是不是？後悔拿命來換我了是不是？」志剛聲音轉趨高昂、尖銳，「你是不是以我為恥，害你在祖先面前抬不起頭？回答啊！我是不是讓你很丟臉？」

兩行熱淚潸然落下，志剛激動得吼道：「說啊！為什麼頭七那晚沒有回來！為什麼這麼多年來你從來沒來看過我！連夢也沒有！一次也沒有！」

志剛倚著墓碑跪了下來，雙拳猛力捶向地面，一次又一次。

「為什麼連個道歉的機會都不給我……」他泣不成聲地說。

與此同時，站在陰間望鄉台上的一位小差，跟著志剛無聲哭泣。與數千萬望見陽間親人的亡者一樣，悲慟的久久不能自己……

第十九章
亡魂公車

「卿近來是否無恙？」一襲青蟒王袍、頭戴珠冕的帝王身影問道。雖威儀萬千，但言語十分寬和。

祂就這麼忽然出現在吳常眼前，令他有些錯愕。直覺告訴他，這就是從小到大一直出現在他夢裡的那位閻羅王。

詭異的是，吳常在錯愕的當下，卻又反射性地開口答道：「臣一切安好，謝大王關心。」一說完，他心中不免又是一陣錯愕。

閻羅王點點頭，又伸手指向吳常的眉心。不知為何，吳常沒有抗拒。當祂指尖碰觸到他，感到一陣冰涼的同時，腦中也開始浮現一連串的畫面。

一眨眼，祂便知曉閻羅殿上，陰陽司判官為陳小環擔保的一番經過。

「這都已經是過去的事了。」吳常找回自己的聲音，不解地說，「陳小環已經投胎了吧？難道陽間的事大王也管？」

「唉，天地者，萬物之逆旅；光陰者，百代之過客。所有魂神來來去去、生死輪轉，又豈能分陰陽而治？芸芸眾生皆為本王的子民，本王如何能撒手不管？」閻羅王又道，「卿前世尚未出生便胎死腹中，無法與陳小環再續前緣。既然這輩子又與陳小環相遇，就在旁協助她，了結這段因果吧。」

「又與陳小環相遇？再續前緣？」吳常腦子一轉，便問，「難道是潔弟嗎？是什麼前緣？」

事關因果輪迴，閻羅王也不好說得太多，只道：「為亡者洗刷冤屈，是陳小環的宿願。不論卿幫忙與否，她都會走上這條路。若卿袖手旁觀，只怕，她與陰陽司判官……唉……」

閻羅王這番話微微觸動了吳常的某根心弦，他說：「潔弟那麼笨，怎麼可能破這些舊案。」

「那就指引她吧。一而再、再而三地指引她。若這些案能破，必定唯她所破。世人都需要指引，卿不也因她指引而有所收穫嗎？」

「她？我完全不認為。」吳常認真否認。

「哈哈哈哈哈，」閻羅王仰首大笑，「小頑石啊，難道卿還沒察覺到，自己已開始有七情六慾，能苦人所苦了嗎？卿離悟道，就差那麼一點點了。」祂將食指靠近大拇指。

「悟道？」吳常冷嗤一聲，「人活著太多苦痛，哪能悟到什麼道？」

「卿是在說這些舊案，抑或是對兒時際遇仍耿耿於懷？看來，現在卿總算能親身體會走一遭紅塵有多不容易了吧。」閻羅王撫鬚嘆道，「然而卿若仔細回想，便會發現人生其實是苦樂參半，並非僅僅只是苦痛。本王話至此，卿且行且珍惜吧。」

閻羅王說罷，揮一揮袖，吳常眼前再次恢復一片黑暗。當他再次睜眼時，書房窗外清晨的微光已為一天的開始拉開序幕。

吳常修長的手指撫過桌上一片書海，掀起泛黃連綿的紙頁波濤。這些都是他剛從賊神廟裡搬來的檔案資料。

剛才的夢太過真實，真實到讓他不知所措。

他有生以來第一次心裡有了猶豫：我該讓潔弟置身其中嗎？

＊＊＊

當潔弟恢復意識的時候，就已經坐在一台緩緩行駛的公車上了。

沒裝玻璃的車窗和車門外，全是黑的。只能憑藉非常微弱的月光，隱約看出景物的朦朧輪廓；近處是一排屋舍，遠處高低起伏的弧線應該是連綿山巒。

這條路似乎不太平，車子行進間不時上下左右搖晃，喀啷喀啷作響。潔弟可以感受到窗外吹進的寒風，卻不明白為什麼自己的頭髮不會隨風飄揚。

公車上也是全黑的，沒有半點燈光。可是透過窗外的月光，她多少也能依稀看出車上的座位配置。公車前段是面對面的單人座，後段則是併排的雙人座。她坐在前段最後一個單人座，公車後門就在她的左手邊。

位置的關係，潔弟可以很輕易地環顧全車和對面一整排車窗外的景色。

而她也很快就發現，車上不只她自己一個人。

或者應該說，車上的，都不是人。祂們的胸膛都不會因呼吸而自然地上下起伏。

坐她對面的是個身材削瘦、手長腳長的男鬼。祂翹著二郎腿，身體放鬆地背靠在椅背上。弔詭的是，祂戴著半截威尼斯面具，只露出長滿鬍渣的下巴。

她的目光飄向祂的時候，祂的面具恰巧因窗外月光的照耀，而閃過一道絲綢般的靛藍光澤，同時也讓她得以看清祂整張臉龐，包括那雙面具底下，不懷好意、眨也不眨的晶亮眼睛。

潔弟撇開頭，避開祂直視而來的視線，發現其他乘客都跟祂一樣靜止不動，戴著面具。那一張張華麗的面具，散發著死亡獨有的腐朽與妖異氣息。

月光一閃而過，車內恢復原有的陰暗。再加上祂們的面具，她看不出祂們臉上的表情和目光。只是比起坐她對面的男鬼，這些乘客給她的感覺比較像是麻木。

車上死氣沉沉的沉默和男鬼的無聲目光壓得她喘不過氣，感覺隨時會窒息或是崩潰。

她不安又不解地想著：為什麼大家都不說話、都不動？祂為什麼要一直看著我？

出於一種莫名的恐懼，在對面戴著深藍面具的男鬼視線之下，她不敢有太大的動作，也不敢發出聲音。只能徬徨地坐在椅子上，十隻手指不安份地緊捏在一塊。

她原以為窗外的黑暗只是一時的，便安慰自己：也許現在公車剛好經過村莊，聽說鄉下人都很早睡。等過了這段，就會熱鬧一點了吧？等到了人多的地方，我就馬上下車。

可是，隨之而來的，仍舊是黑暗。無止盡似的黑暗。

不知道過了多久，潔弟開始感到焦躁。她想下車。

可是一路看過來，窗外還是沒有半個公車站牌。不知道公車已經經過什麼地方，更不知道它會經過哪裡。

不管了，先按鈴再說！潔弟心想。

正要伸手去按左邊鐵杆上的下車鈴時，坐她對面那個男鬼，忽然將翹著的腿放下來，身體前傾，整個人向她貼過來！

祂的雙手仍按在椅座上，臉卻距離她不到二十公分！

她也不知道自己為什麼這麼怕祂，但她就是怕。感受到無聲的警告，她的手瞬間懸在空中，嚇得不敢動彈，而祂也一直維持這樣的姿勢，不再靠近卻也不往後靠回椅背。

她慢慢將手縮回來，祂還是不曾移動半寸，那詭譎的雙眼在月光下時不時反射危險的光芒。

焦躁開始惡化成焦慮。她想跳車。

她在心裡暗自打定主意：車門就在我旁邊，只要車一停，我就跳車！

可是令她再次吃驚的是，公車從來沒停過。

它只是一直載著祂們，搖搖晃晃地開往未知的終點。

潔弟驚愕地想：不可能啊！怎麼可能開了那麼久都沒遇到紅燈？

她的焦慮因這點發現而瞬間轉成惶恐。她覺得自己已經坐了好久、好久的車，卻始終還沒抵達終點！

而男鬼的臉還是離她那麼近，眼睛還是直勾勾地盯著她。

不行了！我受不了！

她握緊雙拳，忍耐到了極限，再也受不了這種沉重的壓抑感，深吸一口氣，正要張口尖叫時，窗外忽然亮起點點燈光！

潔弟身體輕微地顫抖了一下，感到振奮與激動，幾乎都快流下淚來。

有些乘客像是睡著似的，仍然沒有半點反應；有些乘客則是跳了起來，朝窗外指指點點。

斜對面的雙人座位上，兩個戴著面具、身穿制服的女學生將手伸出最近的窗戶，欣喜若狂地指著外頭的萬家燈火。

下一秒，男鬼像是感應到什麼，上半身忽然往後一擺，與潔弟拉開距離。

她如釋重負地想：終於！

雖然不清楚祂動作的涵義，她還是鬆了一大口氣，緊繃到僵硬的肌肉也因瞬間放鬆而感到痠麻無力。

不料，男鬼猛地扭頭、抬手，舉起不知哪來的刀，將兩個正要跳下車的女學生的頭顱一併砍下！

潔弟倒抽一口氣，雙手摀住嘴巴，尖叫在心裡。

車內所有乘客像是剎那間結凍似地停下動作，目不轉睛地看向男鬼。

這時，窗外出現一座巨大的摩天輪，燈光不時變換著顏色，在黑暗中顯得炫目耀眼。摩天輪底下是一座近在咫尺、亮著五顏六色光芒的遊樂園。對於甫經歷漫漫長夜的車上乘客來說，有著無比的誘惑。

潔弟動心地想著：遊樂園看起來離我們好近，好像只要奮力跳出車外，就可以進到遊樂園裡頭！

其他乘客也抱著跟她一樣的心情；一看到遊樂園，祂們就再也按捺不住逃離這漆黑、安靜到逼人發瘋的公車的強烈渴望，紛紛站起身、跑起步，打算從車窗、車門跳出車外。

潔弟也想。但是她突然察覺到窗外遊樂園的異樣：不對啊，為什麼沒有聲音？熱鬧、歡樂的遊樂園，所有遊樂器材都在動，為什麼沒有傳來任何聲音？而且為什麼一個人也沒有？

就在她猶豫是否要站起身與其他乘客一起下車的片刻，男鬼再次舉起刀，將車上那些準備跳車的乘客，一個接著一個，冷酷地削去頭顱！

與此同時，那些逃過男鬼的刀、成功跳車的乘客，都在落地的瞬間，如點燃的燭芯邊緣，澈底融化了！

第二十章
空域

過度的恐懼瞬間癱瘓潔弟的神經，她被嚇得渾身僵硬，甚至無法閉上眼躲過殘忍的畫面，只能愣愣地看著這一切發生。

一轉眼，血肉橫飛的公車上只剩下男鬼、潔弟和三個乘客。其他不是跳車出去化成一灘油，便是倒在地上、椅上成為無頭屍。

男鬼手上的刀不見了，祂又背靠後坐回原位，好整以暇地翹起二郎腿，彷彿剛才什麼事都沒發生。

那三個坐在最後一排五人座中央的乘客，老僧入定似地，一點動靜也沒有。光線不時從車外照進來，可是潔弟還是看不清祂們面具底下的表情。

遊樂園一閃即逝，公車持續前進，地上的頭顱隨著車左彎右拐或上下橋而不停來回滾動。當祂們戴著面具、張大嘴巴的臉撞到潔弟的腳時，她的眼淚馬上流下來。

幾秒之後，三、四顆頭顱因公車轉彎而陸續叩隆叩隆滾落車門。與此同時，身體被嚇得麻痺的感覺總算消失，潔弟立刻雙腳蜷縮在椅座上，發抖地抱住自己，無聲啜泣了起來。

公車哐啷哐啷地再次駛入市區，兩旁都是燈火點點，車外卻還是一樣無聲無息，壓迫感有增無減，潔弟越來越覺得毛骨悚然。

剩下兩顆頭顱仍會時不時滾到她座位附近，但是此時一個又一個的疑問開始在她腦中浮現，讓她無暇感到懼怕。

怎麼可能會有公車路線是沒有停靠點的？難道只有起點和終點嗎？哪來這麼賠錢的路線？

潔弟瞇起眼睛思索著：等等，起點……終點……我要去哪裡？

隨之而來的是最根本的問題：我是從哪裡上車的？我怎麼會在車上？

一想到這個癥結點，思緒如洪水般猛烈地灌進腦海！她瞬間想起所有事情，包括自己舉劍自殺，以求能進入混沌救人。

吳常！對！我得趕快去救吳常！

接著想起老師父曾對她說過，入域界之後，要先開天眼，觀想出自身位於哪一域，以及處在該域界的位置，就能按圖索驥，照著混沌輿圖上的路線，通過該域。

只是現在問題來了，她苦惱地想：我要怎麼開天眼啊？老師父當時只說了「天圓地方」四個字啊！

就在這個時候，潔弟手背上的白色刺青突然泛起清冷如月的光輝，轉瞬即逝。

她陡地靈光乍現：難道指的是——！

心裡有了想法，立刻凝神研究起雙手的刺青，十指快速變換不同的交疊方式和角度。手上這對刺青極為複雜巧妙，結不同的手印時，都會呈現不同的幾何圖形。她想老師父說的天圓地方，應該就是指某個同時有正方形和圓形的組合。

當她的右手食指扣進左手無名指與中指之間，兩手背的刺青瞬間拼成外圈圓形、內圈正方形的圖案！

與此同時，好像被什麼尖銳的東西刺入似地，她前額一股突如其來的劇烈疼痛害她驚呼一聲：「啊！」

她驚恐地摸了摸額頭，卻發現中央不知為什麼隆起來了！可怕的是，透過指尖，她能感受到皮膚底下有個圓球狀的硬物！

還搞不清楚怎麼回事，下一秒，耳邊傳來自己撕心裂肺的尖叫聲！

一陣錐心刺骨中，快要暈厥的她感覺到額頭凸起處裂出一條縱向的深縫，裡頭的通天之眼隨即張開！

潔弟詫異萬分地想：看見了！

強烈的疼痛感立即消失，取而代之的是前所未有的景象。眼前的景物像是多了一層濾鏡，出現縱橫交錯、發著幽藍光芒的經緯線！

處於微光的車內太久，她一時有些頭昏眼花，連忙閉起雙眼，徒留還不知怎麼控制的天眼微微睜著。

她赫然發現天眼透視過身處的公車，直達路邊的公寓。當她再聚焦到那棟公寓時，又馬上穿透過去看到後面的巷弄與房屋。聚焦到的所有景象都變成半透明的，視野得以無遠弗屆！

可是這還不足以讓她觀想出自己的所在。於是闔著眼的她，開始集中注意力想像自身抽離出所處的公車。隨即，視角逐漸拉遠，成功跳脫出侷限的空間，變成以旁觀的角度從上空往下俯瞰！

視野中出現不斷緩緩旋轉的空間，她從這些切割出村莊與城鎮的道路路線中，辨別出自己所處的是哪個域界。

她雙眼倏地張開，心裡開始尖叫：啊！怎麼那麼衰來到最後面的空域！

混沌七域分別是光、捨、悔、善、懼、時、空域，乃陰陽兩界中間的過渡，混沌就像剝洋蔥一般，會一層一層剝去亡者的七魄，將亡者之魂送到彼岸。

雖然每人在真正入陰間之前，所經歷的七域順序是隨機的。但逆向還陽的時候，順序卻是固定的。

也就是說，如果一個人的魂魄幸運在剛死時進入路線單純的「光域」，便有誤打誤撞走出域界的可能。只要屍體完好或致死的原因排除，就能死而復生。

最糟的情況就是進入最後面的「空域」，最快也得歷經整整七域，也就是七天，才能返回陽間。

每個域界都有它自己的規則。創立玄清派的始祖——陳渡，洞悉出各域的規律，並悟出破解之法，將其寫成九字訣，與混沌輿圖一併傳於後代掌門。

潔弟發現她身處的這台公車已偏離唯一一條可安全逃離空域的特定路徑，現在要想逃脫，就只能按照口訣破關了。

她默念起空域的九字訣，想知道如何用口訣破局：城無戶，魄證無，魂超升。城無戶，

魄證無，魂超升。城無戶，魄證無，魂……哎！鬼才知道那是什麼意思！

她覺得自己好像忽然被扔入某個遊戲，還沒搞清楚狀況，遊戲就已經開始了，而她對遊戲規則卻一無所知。

她十指交扣抵著嘴唇，默默安撫自己：冷靜、冷靜！不冷靜沒辦法破局，只有破局才有機會追上吳常！

腦海重播起剛才到現在為止發生的經過。同時，她東張西望，試圖從周遭找出些蛛絲馬跡。

車尾那三個乘客還是一樣動也不動，坐她對面的男鬼也是不動如山，而車頭……

她這時才注意到這台公車，沒有司機！

然而公車還是繼續行駛，她訝異地望著空空如也的司機座位。現在回想起來，打從一開始就沒看到司機。

為什麼剛才沒看到司機，都不會覺得奇怪呢？她狐疑地想。

公車再次轉彎，地上的頭顱叩隆叩隆地轉過來，分散了她的注意力。

疑竇勝過恐懼，她直勾勾地盯著戴面具的女學生臉龐，直覺告訴她，這些乘客被砍頭是有原因的。剛才開天眼時痛苦地放聲大叫，男鬼都沒反應。所以不是動作或聲音太大而引起祂的殺戮。

祂們會不會是因為做了什麼，或是沒做什麼，才觸發男鬼的砍頭動作？

她心念一動，不耐煩地想：是下車嗎？可是總不能一直待在車上啊。這台公車好像會永無止盡地開下去。現在分秒必爭，我哪有時間陪它慢慢耗！

她的目光隨著思緒漫無目的地到處亂飄，忽地停在左手邊的鐵杆上的黃色按鈕。下車鈴！

會不會是因為剛才這些乘客下車之前都沒按鈴，違反了這個遊戲的邏輯？

雖然這個猜測看似簡單、直觀，可是直覺告訴她，這就是答案！

隨即想起自己一開始打算按下車鈴時，對面的男鬼是如何貼過來、警告自己不要輕舉妄動，頭皮霎時一陣發麻，怎麼樣都沒辦法戰勝對祂的懼怕，伸手按下車鈴。

這時心裡另一個聲音出現：會不會是我想太多了？其實根本跟下車鈴沒有關係吧？

兩個聲音在內心天人交戰，望著車窗外閃過的燈光，她又開始在心裡反覆念道：城無戶，魄證無，魂超升。城無戶，魄證無，魂超升。城無戶，魄證無……等等！

她驀然發現自己現在的處境跟在夢境裡沒兩樣：我不記得自己是什麼時候上車的，一開始看到司機座位是空的也不覺得奇怪！

九字訣霎時在心中大聲迴盪，她終於明白了，眼前的這一切就是一場惡夢，通通都不是真的！

既然都不是真的，那還有什麼好怕的。

一想通，潔弟毫不猶豫地將手伸向下車鈴。當指尖碰到按鈕的瞬間，男鬼身體前傾，持刀朝她的天眼刺來！

她見狀想閃避也來不及了，只是害怕地緊閉雙眼大喊：「祢不是真的！」

慣性的關係，她察覺到公車忽然加快行駛的速度，彷彿有隻無形的腳猛踩下油門一樣。

她眼睛微微張開一道縫左右窺看，男鬼竟然消失了！

天啊，太好了！竟然被我矇對了！

公車上只剩她和那始終沒動靜的三個乘客。她閉上雙眼，全身癱在座椅上喘息，仍舊驚魂未定。

可是她不能真正放鬆，因為她知道遊戲還沒結束，她還沒過關。

潔弟頭轉向車頭，想透過天眼得知前方有什麼。視線聚焦到車頭，車體立即變成半透明，透視出去，道路的末段出現一個漆黑的隧道。詭異的是，不論她怎麼集中精神，視線就是沒辦法再看得更遠。

單單睜著天眼的狀況下，經緯線就消失了。只有同時張開三眼才會出現。她納悶地張開眼，幽藍的經緯線也是只到隧道口就硬生生斷掉。

一股不祥的預感襲來：公車的終點就是隧道，我也一樣！

第二十一章
沒有線了

公車越開越快，「哐啷、哐啷」的車身震動聲變成急遽的「控控控控」，車身與隧道的距離正在快速拉近！逐漸迎來的漆黑隧道口也越來越大，好像有個看不見的司機迫不及待想連人帶車一起開下黃泉似的！

潔弟慌亂地想：不行！我得趕快下車才行！不對，下車就融化成屍油了！那……那那該怎麼辦？煞車？對，把車停下來就好！

平常就有在開車的她，馬上跳起身，衝到車頭，打算踩煞車、拉手煞車，卻在駕駛座這裡發現什麼東西都消失了，座位下面也沒有油門和煞車！

「怎麼可能！」潔弟驚愕地大叫，雙手慌亂地在前一刻還是儀表板的平面上亂摸，「剛才明明還有看到方向盤和儀表板啊！怎麼通通都不見了？」

餘光瞥到擋風玻璃外、一片明顯漸漸擴大的漆黑，她抬頭一看，驚覺隧道口即將吞噬公車，連忙轉身往車後跑！

原本抓著杆子還可以勉強站穩腳跟，可是要移動腳步就已經有困難了。此刻，公車像是怕她逃走似地，又再次加快，全速衝進洞口！她一個踉蹌摔出去，撲倒在雙人座中間的走道階梯上，差點沒把頭撞開花！

與此同時，她的左手肘把一顆頭顱給撞出後車門，可是卻沒聽到落地的叩聲，反倒是震耳欲聾、山崩般的落石聲響。

她趕緊抓著杆子爬起身，扭頭往門外看，所有發出幽藍光芒的經緯線像是被巨斧從中斬斷似的，都只到公車的車殼就斷掉了！車外什麼都沒有！

「沒有線了！」她震驚地說。

閉上雙眼，天眼的視線穿過車體，抽離出公車之外，視線快速拉遠，以旁觀的視角環顧半圈。

公車正巍巍顫顫駛於一條宛如山稜線般狹窄的道路，路左右兩側竟在頃刻間都變成懸崖，後方路面疾速地碎裂崩解，隨時會追上車輪，大量滾落的土石直墜深淵！

「靠哪有人這樣的啦！混沌真的很賤耶！」潔弟氣急敗壞地大罵。

灌入車內的狂風呼嘯聲既淒厲又猖狂，像是在嘲笑打擊她的求生意志！

我不能失敗！我失敗就救不回吳常了！

她邊想邊連滾帶爬地往後座衝。又一陣猛烈的震動，她撲倒在那三個乘客面前。

祂們肩並肩坐在最後一排五人座中央，頭大得與軀幹不成比例，連面具也顯得特別大；面具下的眼睛眨也不眨，直勾勾地瞪著前方；雜亂糾結的長髮披肩，雙手十隻手指都平整地放在大腿上；又長又尖的指甲看起來很嚇人。

相較於外頭的天崩地裂、相較於潔弟的驚慌失措，祂們仍舊紋風不動、穩如泰山，看起來非常突兀又詭異。

「該不會是擺飾吧？」她盯著祂們，自言自語地說。

此時，車子突然不再猛烈晃動，她回頭一看，車頭竟然已經駛進隧道了！

沒時間了！到底要怎麼逃出去！

她嚥了嚥口水，竭力告訴自己要鎮定，直覺告訴她，眼前這三個乘客就是答案！

緊要關頭，她忽然注意到祂們臉上的面具。

這台車上，除了她以外，所有乘客都戴著各式各樣不同的面具，但是只有祂們三個的面具是罩住全臉，其他全都是遮住上半張臉、露出下半部。

心下立即起疑：為什麼要戴面具？是要隱藏什麼、遮蓋什麼嗎？到底面具底下是……？此刻也管不了那麼多了，她硬著頭皮，心急如麻地扯掉中間那位的面具。沒想到，竟連帶將左右兩位的面具和祂們的頭髮都一併扯下！

原來三張面具底下沒有臉，是洞！是一個連在一起的橫向扁洞！

離奇的是，車尾的道路雖在不斷塌陷，但是透過洞口往外看時，反而出現筆直往後延伸的幽藍經線！

她呆愣不到一秒，外頭的寒風猛烈吹進來，凍得刺骨生疼，瞬間將她從錯愕中驚醒。

公車前段面對面的單人座已經全被隧道鯨吞入腹，它正張著深邃幽黑的大口往後排座位而來！

剩下的時間進入倒數，還沒完全想清楚九字訣涵義的她，也沒時間猶豫思考了，馬上爬上三個乘客的大腿，伸手、探頭進洞口往外鑽。

沒想到上半身才剛爬出車尾，她便感受到一股強烈的吸力，整個人頭下腳上地墜入懸崖下的一片漆黑虛無之中！

＊＊＊

四周是無邊無盡的柔和白光，天地八方無所分界。吳常起初以為自己懸浮在某個空間裡，直到他環顧一圈時，聽到腳下傳來皮鞋鞋跟的喀喀輕響，才知道自己是足履平地的。

他有那麼一秒以為這裡是天堂，但隨即又輕嗤一聲：怎麼可能？像我這種人。但如果這裡是地獄的話，那實在比我想像的還要舒適怡人。

他往前邁開步伐，好奇自己一直走下去會到哪裡。然而，走了十分鐘後，他發現自己還是在一望無際的白光裡。

遂從西裝外面口袋中抽出一串由不同顏色打結綁在一起的手帕，再從內袋中取出瑞士刀，將手帕割成一條條細小的碎布，按顏色邊走邊扔在地上。

一開始，地上這些碎布排成的直線看起來再正常不過。漸漸地，碎布的排列開始有了變化。

吳常看出端倪，更是興奮地繼續邊走邊扔碎布。又過了十六分鐘之後，他手中的布沒了。回頭一看，發現距離一拉遠，他前進的路線或者該說這個空間，變得更加清楚明確而奇異。

他從頭到尾都是走直線，但這些碎布竟排成毫無章法可循、橫跨三度空間的複雜線條，其中包括曲線、折線和螺旋線，像是一隻蜘蛛漫無目的在人類住處中，飛簷走壁、翻山越嶺後所遺留下來的痕跡。

「有趣，真是太有趣了！」吳常轉為藍紫色的眼眸閃爍著炙熱的光芒，喃喃自語地說。

然而，在他的嘴角勾起之前，身處的空間突然轉換，變成一個明亮、寬敞，刷著淡藍色牆壁、白框窗戶的房間。

牆上懸吊著太陽系模型，八大行星正繞著中間的太陽轉動；層架擺滿數十台飛機、火箭模型，幾台全球限量版跑車模型還特別有自己專屬的玻璃收藏箱；地板的一角，高達六層的複雜鐵軌上低速跑著火車。

這列紅色火車正在降速，它即將駛進停靠站。

＊＊＊

潔弟再次張開雙眼，一列長長的紅色電車正順著街上軌道緩慢前進，一、兩秒後在街邊煞然而止。其中一節車廂的車門恰巧停在她面前。

車門開啟，卻無人下車。

這台電車大得誇張，就連門口那層矮階都有她腰這麼高。

她傻眼地想：太誇張了吧！誰上得去啊！

就在這個時候，身後的動靜轉移了她的注意力。

「咚、咚！」緩慢而沉重的聲音響起，每一下都撼動大地，「咚、咚！」

她轉頭一看，居然是人！或者應該說，是巨人！

一個戴著紳士帽的男子，將駝色風衣領子立起，踩著皮鞋，大步卻有些遲緩地朝她的方向走來，腳步聲如重物落地：「咚、咚！咚、咚！」

潔弟下意識往旁邊跨一大步讓開。

與他的小腿擦身而過的瞬間，她感受到其腳步帶動的風流。他雙腳前後輕抬，輕而易舉地就踏進該節車廂。

電車再次啟動，緩緩加速，駛離停靠站。而她卻被眼前所見給震懾得呆若木雞。

夜晚的街道上，車水馬龍、熙熙攘攘，兩旁建築是巴洛克和維多莉雅風格的大樓、公寓。幾家閃著霓虹燈的夜總會與舞廳坐落其中，將這條街道映襯得燈紅酒綠、熱鬧非凡。

潔弟像是一瞬間來到七〇年代的上海租界。

這裡的女人燙著復古捲髮、穿著盡顯身段的旗袍，有些則踩著高跟鞋、叼著煙、身穿華麗的洋裝。男人則大多穿著西裝，少數看似是搬貨工人的則身穿粗布寬服。

最令她訝異的，是眼前所有人、車、房子都好高大；每個人看起來都有普通公寓的二、三樓陽台那麼高。

不知道為什麼，越是往上，光線越暗。他們的脖子以上都灰濛濛的，讓人無法看清他們的面貌。

她猜他們應該都沒注意到她的存在，因為他們的頭都只會水平方向移動；只是偶爾左右顧盼，不曾低頭往下看。

街道的另一頭也是一樣，黑壓壓的，遠一點就看不清了。

這次記憶很快就回來了。潔弟不敢相信自己的好運，驚喜地叫道：「我成功了！剛才僥倖通過空域的考驗、逆行成功了！」她在街上又蹦又跳、興奮地大聲歡呼。

她隨即意識到眼前的景象沒有經緯線。伸手摸摸額頭，一片平滑。沒想到天眼竟也隨著域界的轉換自動閉闔了。

接著一絲疑問閃進腦海：咦對了，逆行七域的下一關是時域，那代表時間的東西呢？

十六歲那年的死亡車禍，潔弟墜入了時域。當時代表「在時域裡所剩餘的時間」的是每個人手中點燃的「線香」。香在人在，香盡人亡。

然而，她低頭看看自己，雙手都空空如也。又轉了一圈，也什麼代表物都沒有。

第二十二章
時域

正在納悶之際，她忽聞一陣刺耳惱人的聲音從上空傳來，而且越來越近。

「鈴鈴鈴——」響聲好像復古的電話鈴聲。

抬頭一看，有個暗紅色的東西從潔弟頭頂正上方砸下來！

她在千鈞一髮之際跳開，東西「磅」一聲落地，瞬間發出震人心弦的巨大聲響。

一下子還有些驚魂未定，她雙手撫著胸口，惶惶不安地探頭打量這砸凹路面的東西。

竟然是一台酒紅色的老式轉盤電話！

尺寸很正常，不像是給巨人用的。更詭異的是，從那麼高的地方掉下來，電話不僅沒壞而且還在繼續響！

「鈴鈴鈴——」話筒、聽筒隨著鈴聲左右交互彈跳。

接著話機竟自己奮力一躍，跳出坑洞，如野兔般迅捷地一蹦一蹦跳走！

潔弟目瞪口呆地看著電話離去的背影，還搞不清楚怎麼回事，就忽然感覺不到自己的手指。低頭一看，十隻手指竟然正從指尖往掌心的方向快速消失！

「啊！」她嚇得發抖，將手舉起一看時，連掌心都沒了，而且還正在從手腕往手肘的方向繼續消失！

時域的九字訣忽然閃過腦中：香依時，光有慧，丈甒離。那該不會……那電話還是鈴聲，是這次代表我存在的東西吧？

疑問一生，她立即拔腿往紅色電話消失的方向追去，心想：如果猜測是對的話，那麼這個復古電話在時域中就是我的命根子、我的一切啊！必須追到它！

遠處原本看起來灰暗暗的、不太真切，一跑近不只變得跟剛才所處的街道一樣明亮繁華，周遭景物也變得十分清晰。

跟著鈴聲追了大約一百多公尺，只剩上臂的她終於在人潮中再度看見那抹酒紅色。

「鈴鈴鈴——」它停在原地，話筒、聽筒仍繼續輪流跳動。

就在離它不到十公尺處時，潔弟的雙手又逐漸長回來了！

這證明她的猜測是對的，這電話就是她在時域裡的血條、生命值。於是她更加奮力往它的方向跑。

老式電話彷彿察覺潔弟正在追它，突然又往上竄了一、兩公尺高，再次奔跳而去！

「什麼跟什麼啊！」她驚訝地叫道，「別跑啊！」

她在擁擠的人潮中快步穿梭，小心地閃過巨人們的腳步。過了幾個街口之後，她與它的距離逐漸拉大，原本已經恢復到手腕的，現在又只剩上臂了！

她越來越焦躁不安，也開始不太顧忌往來的人群和車流，步伐越來越快。

她與電話之間的距離縮短，雙手也幾乎全長回來，只剩十指。可是這場追逐似乎沒完沒了，電話中間有好幾次都會停下來，但只要她一接近，它馬上就會跳開。不管她怎麼跑，就是追不上它。

「鈴鈴鈴——」鈴聲仍在持續。

追逐的過程中，潔弟忽然覺得，電話好像也知道她在追它，也知道它對她來說很重要，但它就是要她死，所以不讓她追上，跑跳的速度一直都很快。

意識到這點讓她非常憤怒，周圍的吵雜聲漸漸消失了，她的耳中只聽得到電話鈴聲，她像是紅了眼、著了魔似的，滿腦子只剩下這台老式電話，咬牙切齒地想著：非要追上你不可！

趁電話再次停下，潔弟彎腰放輕腳步，小心翼翼地接近它。距離不到五公尺處時，又被它發現、逃開。

但是這回他們離得很近，她總覺得再幾十公尺之內就能抓到它。

果然，跑沒幾步，她一張開雙臂抱住它的瞬間，十指全部長回來了！

但與此同時，左側也忽然有道刺眼的強光射來。她瞇著眼睛往左看，竟然是紅色電車！

愣在原地的她，一瞬間明白，懷中的電話為什麼中間一直跳跳停停，以它的速度明明可以遠遠將她拋在腦後。

原來是要引誘我跑到電車軌道上！

只是當她意會過來的時候，一切都已經來不及了，半秒之內她被高速行駛而來的電車無情地撞飛出去！

＊＊＊

吳常身處的房間，整片地板都是琳瑯滿目的航太學、火箭工程等相關書籍，還有幾百顆樂高積木和細小、精緻的零件。

那是吳常的房間，在他小時候於季青島的家裡。

書桌上有個組到一半的樂高火箭，一雙小小的手正靈巧地為火箭裝上圓形觀景窗。手的主人，正是七歲時的吳常。

再過一個月，爸爸即將帶他去美國，黑茜也即將出發去法國，一同遠離這個惡夢般的小島。

然而，他知道去了美國還是一樣要上學。

那麼，到時候狀況有可能不一樣嗎？他懷疑地想。

吳常好想離開地球。

他想去一個沒有學校、沒有其他人的地方。在那裡他可以做自己。

還沒上學之前，他的世界只有茜和自己。他覺得這樣就夠了。上幼稚園後，雖然格格不入，但他一點也不介意，反正有茜懂自己就好。但是上了小學，事情越來越糟糕，到最後演變到無法收拾的地步，實在不是他當初預料得到的。

他想：要是可以離開地球就好。我會很開心，茜會很開心，爸爸媽媽、同學、大家也都會很開心。這樣最好。

「你太不現實了，除了地球以外，太陽系沒有其他適合人類生存的星球。」小女孩的聲音忽然從吳常背後傳來，稚嫩卻充滿權威，「就算太陽系以外有，現在的太空科技也還沒辦法載人離開太陽系。」

她留著公主般的長捲髮，穿著小洋裝，整個人就像是個洋娃娃。儘管只有十歲，談吐舉止卻老成威嚴的像是位教授或霸總，天生散發著獅子般的強大氣場，令人不敢小覷；就連大人對她說話，都會不自覺變得畢恭畢敬。

「妳怎麼進來的？」吳常詫異地說，「我明明就有鎖門！」

小女孩不答，只是晃了晃手中的鑰匙給他看。吳常眉頭緊鎖，有些不滿地怒視著她，但她一點也不在意，大剌剌地坐在書桌旁的床上。

「只要能夠發現蟲洞或是發明接近、甚至超越光速的曲速引擎飛行器，就可以在人類有限的壽命裡飛出太陽系了。」吳常堅持道。

「你嫌美國跟法國還不夠遠啊？還想離開地球……你跑那麼遠，我想見你的時候怎麼辦。」

「茜，這個世界沒有我比較好。我不適合這個世界。我永遠都沒辦法知道大家在想什麼、沒辦法跟大家一樣。」吳常低下頭，沮喪又自卑道。

亞斯伯格症的男孩大多像太空人，活在自己的小宇宙裡。要他們理解這個世界、融入這個世界可說是難如登天。

「你當然跟大家不一樣。」黑茜跳下床，來到吳常身旁，牽起他的雙手。那雙美麗澄澈的藍紫色眼睛對上他無辜單純、黑曜石般的明亮圓眼，「你是全世界最聰明、最善良、最好的人。你是光！其他人根本不配跟你相提並論。」

「可是他們——」

「沒有可是！」黑茜打斷他的話，「我們打從一出生就注定要站在萬人之上。底層的聲音一點都不重要。他們只是螞蟻。你不需要融入那些螞蟻，更不需要理解這個世界，是這個世界要配合我們、聽從我們指揮才對。忘了那些事，重新開始吧。」

「我不這麼認為。」吳常搖搖頭，「到了美國，搞不好我還是會被大家討厭、被大家打。」

黑茜與他對看一眼，忽然手伸向桌上的火箭一揮，觀景窗零件立即不翼而飛！

「嗯？」吳常訝異地抓住黑茜的手，翻開她的掌心，卻空空如也。

黑茜另隻手往吳常耳後一抓，竟掏出一枚金幣巧克力。

「妳怎麼用的？」吳常抽走她故意在他眼前搖晃的金幣巧克力。

沒想到，他將鋁箔紙拆開之後，裡頭裝的居然是剛才那個消失的觀景窗零件！

「有趣嗎？」黑茜明知故問道。

「有趣，」吳常凝視著這個小零件，雙眼瞳色變成和黑茜一樣的藍紫色，閃爍起久違的喜悅光芒，「真是太有趣了！」

「記住這一刻的驚喜和開心。這就是魔術的力量。」黑茜說，「我不在的時候，我允許它是你最好的朋友。」

「魔術？」吳常單純的內心再度燃起小小的希望，「那其他人也會喜歡魔術嗎？是不是只要我表演魔術給大家看，大家就不會打我、不會討厭我了？」

「沒有人會討厭魔術的。」黑茜從吳常的襯衫口袋中抽出一株四葉幸運草，對他微微一笑。

吳常接過後。她又說：「你到了美國要盡快開始學習格鬥，才有能力保護自己。」

他用力點頭，她對他嫣然一笑，伸臂抱住他說：「再給我八年的時間準備。到時候，我就有能力剷除所有對你有潛在威脅的人了。」她的眼神在吳常看不到的地方，流露出一股冰冷而堅定的殺意。

＊＊＊

十五年後，賭城拉斯維加斯，美高梅酒店（MGM Grand Hotel）的表演廳裡，歡聲雷動。

今晚是吳常第一次登台表演。從觀眾熱烈的反應，不難看出這是一場精彩絕倫的魔術秀。

成為鎂光燈焦點的他，站在舞台上向觀眾鞠躬致意。觀眾不會知道，在台下如雷的掌聲、瘋狂的安可聲與雙雙欣賞、崇拜的目光中，一臉冰冷高傲的魔術師吳常，內心其實是充滿澎湃的喜悅。

他的視線與坐在台下第一排中央，激動到泛淚的黑茜對上，心裡想著：茜說得對。她總是對的。

黑茜將魔術帶給吳常，讓他從此著迷其中，不再因人際上受到的挫折而感到孤單和恐懼。而他將驚喜、奇蹟帶給人們，藉以獲取好感與認同。

一直到這一刻，吳常才真切意識到：即使不刻意跟別人說話、揣測別人的心、了解別人，也可以不被討厭或欺負。

他，真的可以做自己。

他，自由了。

伴著落幕，舞台上燈光也隨之一暗。

第二十三章
誤打誤撞

「鈴鈴鈴——」吵得人心煩意亂的鈴聲喚回潔弟的意識。

她張開雙眼，景象逐漸變得清晰，腦袋卻一片空白。爬起身，太陽穴忽地一陣痛楚，剛才被電車撞的那一幕躍入腦中。現在回想起來還是感到觸目驚心。

她望著周遭仍是川流不息、人來人往的街道，不禁懷疑：難道我還在時域？

「鈴鈴鈴——」懷中的電話兀自響鈴不休，像是在回應她的疑問。

她茫然地東張西望，發現自己站在人行道邊緣的一個水溝蓋上。低頭看著水溝蓋，自言自語地說：「難怪腳下都是一排一排的洞，還好剛才沒掉下去。」

更多細節流進腦海，自己被撞的時候恰巧是站在軌道的轉彎處，所以才會被撞出軌道，不然搞不好就活活被電車給輾過去了。

看來這次代表她存在的「電話」，比上次的「香」還狠毒，不只引誘她去撞車，鈴聲還不知道什麼時候會停下。

「鈴鈴鈴——」電話聒噪地響著，機身不停跳動，像是隻極力掙脫擁抱的兔子。

這倒是提醒了她，在這域界中，「剩餘時間」的重要性。面對無法預測何時會停的鈴聲，除了分秒必爭，別無他法。她用左右上臂夾住電話，雙手手背再次拼組成「天圓地方」的幾何圖形。

額頭中央瞬間像是被什麼東西從裡面猛烈撕開一樣，痛得她大聲尖叫：「啊——」灼熱的疼痛從額頭向四面蔓延開來，連帶她的左右太陽穴和後腦勺都在抽痛，耳朵嗡嗡作響。

一陣天旋地轉中，天眼再次睜開。

潔弟不明白為什麼這次開天眼比剛才在空域還來得更痛，害她差點鬆手讓電話從她懷中跳走。

眼前再度出現縱橫交錯的幽藍光線。奇特的是，身邊千絲萬縷的藍線圍成兩道光牆，緊貼著水溝蓋的左右兩側。

難道說……

心裡有了想法，連忙閉上凡眼，單以天眼觀想。結果真如她猜測，她現在正在逃脫時域的路徑之中！

她心想：想不到電話的下流手段不但沒得逞，反而把我撞進域界唯一一條逃脫路徑裡！真的是誤打誤撞啊！

以前只知道離開安全的逃脫路徑之後，便要接受所在域界的考驗，考驗不過就會失去一魄，被轉到下一個域界。從來不知道，只要持有這個域界代表生命值的東西，並且再回到路徑上，就能繼續沒走完的路。

她想：那麼，只要我在有限時間內順著路徑走出域界，考驗沒破也無所謂吧？

正在暗自慶幸之餘，突然兩隻大掌同時從天而降！

手速不算快，潔弟才剛跳開，便感到一股勁風掃過。

「磅！」腳下猛地一震，柏油路面都裂了開來，她差點站不穩摔進水溝裡。

眼前這雙手掌都沒有一絲皮肉，只是白森森的骨頭。

一位身穿軍綠色服裝、貌似軍人或警察的骷髏巨人正趴在地上，眼珠骨溜溜地盯著她打轉！

「你誰啊！」潔弟錯愕地大聲問道。直覺又是往後跳開一大步，落在兩個水溝蓋中間的柏油路上。

骷髏巨人沒有回答，只是大手一揮，往她襲來。她才剛低頭蹲下閃過，餘光又看到另隻手作勢朝她打來。她躲開的同時，抬頭一看，是另一個骷髏巨人！

唉，師父怎麼沒講清楚，這條逃脫路徑一點都不安全嘛！

潔弟邊心裡嘀咕邊閃躲，覺得自己瞬間成了過街老鼠，人人喊打。還好這裡的巨人動作都不快，還能即時閃避。

「鈴鈴鈴——」懷中急促的電話鈴聲時不時提醒著潔弟時間在倒數。

她看骷髏巨人的頭部和眼球都只會左右轉動，便抓準時機往他們頭頂或下巴的方向閃躲，沿著光牆、往域界出口的方向逃跑。

骷髏巨人雖沒打算放過她，但只要他們一站起身，就沒辦法低頭看見她的位置，只好眼睜睜地看著她從他們手中溜走。

「鈴鈴鈴——」電話聲時時刻刻都像是在催促著她，令她不敢鬆懈。好不容易狂奔至路徑的末端，她左右查看，確定擺脫追兵，才敢停下腳步。現在總算有時間尋找吳常下落，趕緊雙手結印，喃喃念起咒語：「哆呢哆啼，哆啼哆嘛，六合化外，以眼通天，尋人吳常，急現其蹤，摩訶沙！」閉肉眼觀想，天眼視線當即穿過無數星雲般的薄霧，最後竟落在「懼域」裡，那雙充滿畏怕的眼神！

潔弟心頭一緊，立即張開眼睛，心中叨念著大事不好。如果說時域與空域是最無厘頭的域界，那懼域和善域就是最恐怖的域界了。

逆行七域的順序中，時域的下一域就是懼域，我得把握機會趕快去找吳常才行！念頭才剛落定，一顆骷髏犬頭突然探進光牆，擋在她與逃脫路徑盡頭的中間！

「呃啊！」她嚇得怪叫一聲。

頸間繫著狗牌的骷髏犬，眼睛一聚焦到她身上，立即對她齜牙咧嘴，發出威嚇的低嗚聲，黏搭搭的口水從刀山般的利牙縫中滴落，撲鼻都是令人作嘔的惡臭。

「汪汪汪！」牠狂吠不止。

潔弟覺得牠好像是在告訴主人她的位置。

隨之而來，逐漸從四面八方靠近的咚咚腳步聲證實她的猜測。忽然一陣刺耳的尖銳哨子聲響起，骷髏犬像是接到什麼指令，立即身形一伏，甩開四腿朝她撲來！

她直覺就是想轉身逃跑，偏偏在這個時候，電話突然安分下來，不再跳動，徒留響音：

「鈴鈴鈴——」

心中霎時警鈴大作，不祥的預感湧上腦海：時間快到了！

「來吧！」她心一橫、牙一咬，握緊雙拳就往路徑盡頭的方向奔跑，與骷髏犬硬碰硬！

就在骷髏犬張開血盆大口的瞬間，她一個重心急往斜後方倒下，擦過牠的下巴，滑壘過牠的腹部，連忙蹲起身再往盡頭的柔和白光奮力一躍！

＊＊＊

四周忽然一片黑暗，吳常還是不知道自己身在何處，他甚至不能確定自己是生是死。

方才回顧的片段，都是目前為止，吳常最難忘的過去點滴：首次接觸魔術的那一天，可以說是他人生中的轉捩點；而正式以魔術師為職業的那一天，則是他至今最難割捨的快樂時刻。

如果剛才的回憶是傳說中，臨死前的人生跑馬燈，那為什麼只有兩段，而且還都那麼重要、那麼美好？也許我現在在彌留之際，正做著夢？他揣測著。

幾秒之後，吳常發現自己正以蜷縮的姿勢待在某個非常狹小的空間。他挪動身體的時候，忽然微光從背後灑進來。

原來後方有個透光的洞，只是剛才被自己的背部完全抵住，所以無法看清自己身處的環境。

他有些意外，繼續努力挪動四肢。好不容易轉過身來，才發現背後有片類似百葉窗的通風氣孔。

吳常從葉片中望出去，對面是一排齊天花板的刷漆鐵製置物櫃。同時，腳底傳來沙沙聲，他將踩到的紙張拿起來，湊到葉片下看。

在微光之中，他看到一張被惡意塗鴉地亂七八糟的滿分考卷。

吳常心裡大為震動，不敢相信自己的眼睛。

過目不忘的他，馬上記起這份考卷，即便視線下一秒才掃到考卷右上角的受試者：六年五班15號吳常。

腦筋一轉，他知道自己身在何處了。

吳常開始全身顫抖，昔日的創傷與恐懼如滔天巨浪，一瞬間將他淹沒，眼淚立刻奪眶而出，理智與冷靜瞬間棄他而去。

他的心智回到最不堪回首的七歲。惶恐、不知所措的他，只能不斷用力地捶打面前的鐵門，低聲啜泣悲鳴著……

＊＊＊

潔弟張開眼睛，四周很昏暗，光線主要來自走廊兩端的樓梯口逃生指示燈。中間一大段則是仰賴窗外的月光或路燈。

剛才一直死命抱著的那個麻辣鴨血色的電話消失了。

一想到不用再聽到它那刺耳聒噪的奪命連環鈴聲，耳根子終於得以清淨，心裡不禁雀躍了起來。

她站在原地轉了一圈，覺得室內格局很眼熟。想了一會，才想到這裡應該是自己以前念的小學。

當即心下起疑：不對啊，如果我真的追上吳常的域界，應該是進到他最懼怕的一段回憶才對，怎麼會是來到這裡？難道我剛好與他擦身而過？該不會……他以前也念這所吧？難道我們是校友？我們兩個今年都二十六，搞不好還是同屆咧。

這麼一想，潔弟立即再次將雙手刺青拼成「天圓地方」。在天眼睜開的前半秒，她才忽然想起開天眼有多痛！

「哎呀完了！」

她才叫糟糕，一陣錐心刺骨的疼痛就這麼猛攻而來。

「啊——」這次她痛得眼淚直流，雙手抱頭吶喊。

彷彿有人拿登山鎬猛擊她額頭，將頭顱鑿開來似地，沉睡的通天之眼再次從劇痛中圓睜復甦！

難以承受這股疼痛，她跪坐在地，半晌才回過神來。拚命大口深呼吸，心裡罵道：每次開天眼都痛不欲生，而且還越來越痛！老天爺祢是不是在整我啊！又不是冰箱門怕冷氣外流，幹嘛一直給我關起來！

罵歸罵，滿腦子都在想吳常在哪的她，立即心急如焚地再次闔上雙目、結印念咒，以天眼觀想。

雖然沒辦法得知吳常的確切位置，但至少可以確認他就是在這懼域沒錯。

以前聽老師父說，「天眼」之所以叫天眼，正是因為它的視野堪稱可以通天。不僅可以看盡凡間，更能上尋天界、下搜陰間、望進混沌。天地萬象間，天眼僅次於「佛眼」、「仙眼」與「冥眼」，遠在法眼、妖眼、鬼眼、陰陽眼和常人的肉眼之上。

但是，只有遇到特定機緣，同時具稀世慧根和一定修為的人，才能真正將天眼發揮得淋漓盡致。

以潔弟來說，能夠看出「自己所在位置」和「欲尋之人位於哪個域界」，就已經是極限了。

第二十四章
懼域

潔弟和她哥哥以前都是念「維特小學」這所貴族學校。

維特小學是採小班制菁英教學的模式招生，每班學生不超過十五人。校地雖大，建築物卻只有兩棟。

一棟工字型、維多莉雅建築風格的教學大樓是全年級的教室，樓層依年級劃分；一年級教室在一樓，二年級在二樓，以此類推。

另一棟L型的現代化建築則是活動中心，就在教學大樓的斜對面。除了有游泳池、禮堂、球場、視聽教室、實驗室……之外，教師、校長辦公室也在這裡。

此刻潔弟就站在活動中心四樓，一排實驗室外的長長走廊上。藍光交織成的光牆與兩邊牆壁正好重疊，顯示她剛好在這個域界的逃脫路徑之內。

雖然這次比較走運，不用費心思找路徑，但她還是很煩惱，不知道該從哪裡開始找吳常。而且進到懼域以後，總覺得學校太過昏暗，又靜悄悄的，時不時流露出一種陰森、詭譎的氣息，讓她心裡一直覺得毛毛的。

「控、控、控！」

忽然一陣撞擊似的悶響，害她嚇得跳起來，思緒馬上被打斷。聲音雖不嚇人，卻來得突然，在寂靜的深夜裡特別引人注意。

她轉頭一看，仔細聆聽辨別聲音的來源，應該是從斜對面那棟教學大樓的樓上傳來的。

「控、控、控！」

她嚥了嚥口水，雙手扶在窗台上，向音源處打量了一會，除了聲音持續傳來以外，沒有什麼其他異狀。

畢竟不是在同一棟，音源感覺與她有段距離，聽起來也沒有越拉越近，所以當下並沒有很害怕，但也絕對不想靠近。

偏偏懼域的逃脫路徑剛好就是經過那裡！

先是沿著這層樓到樓梯口，再穿過連接兩棟大樓間的五樓空中走廊，到教學大樓的六樓，又迂迴地經另一頭的樓梯下到三樓，才在中間的班級教室結束。

「控、控、控！」低沉的聲音再次傳來，令她有些煩躁。

就在這個時候，眼角餘光瞥到一道黑影閃過！

她下意識轉頭，看向左邊走廊底端的樓梯口。

那裡空無一物，卻開始傳來：「咯咯……咯咯……」

那是孩子們的笑聲。詭異的是，聽起來不是開心地開懷大笑，而是那種笑在喉嚨裡、不懷好意的竊笑。在走廊上迴盪不止，顯得空靈幽冷，令人發毛。

「我的天啊……」潔弟輕聲驚呼。兩條手臂都隨之起雞皮疙瘩，瞬間意識到：這不只是異常的懼域，也是我的懼域……

也就是說，現在的懼域同時有她和吳常各自恐懼的事物。

而她最害怕的，莫過於鬼魂一類。因此她聽到那毛骨悚然的笑聲，直覺就是想逃，可是她又不敢有太大的動作，所以慢慢一步、一步地往後退。

「控、控、控！」敲擊聲再次引起她的注意。

她想起自己還有很多條退路可走，而且通往教學大樓的逃脫路徑是在走廊的右邊，所以要逃離懼域目前看起來還不算難。眼下心裡的疑問是：那些發出笑聲的小孩到底想幹嘛？我有必要逃跑、躲避祂們嗎？

懼域彷彿是聽到她心裡的聲音，打算給她點回應。樓梯口亮著青光的「EXIT」逃生指示燈開始忽明忽滅了起來，發出接觸不良的細微滋滋聲，像是在預告著什麼。

她又往後退幾步，開始猶豫了起來：要跑嗎？要的話，應該往樓上跑還是樓下跑？還是乾脆跑出活動中心？順著光牆跑去教學大樓會不會比較保險？

一眨眼，左邊樓梯那忽然出現七、八個孩童的身影！

祂們之中有男有女，穿著墨綠色蘇格蘭格子的制服。全身都半透明，呈灰藍色調，面目模糊卻都是臉朝向潔弟，同時冷笑著：「咯咯……咯咯……」

祂們像是從泥沼中浮出一樣，有的從天花板、地板和牆上浮出頭顱，有的則是從旁邊的實驗室窗戶裡伸出手或腳來，慢慢爬到走廊上，向她靠近。

潔弟嚇得思考瞬間中斷，愣在原地，呆呆看著祂們顯露越來越完整的軀體。

兩個從樓梯間探出頭的小女孩，沿著走廊兩側的牆走對角，一隱一現地往她接近。長長的走廊，祂們轉眼就移動了四分之一。

距離一拉近，她才看清祂們的五官，都是浮腫發爛的。屍水不時從臉上的空洞間滴落，下巴開闔抖動著：「咯咯……咯咯……」

那空靈、陰森又摻雜些許雜音的笑聲，每次聽起來都一模一樣，像是從老式收音機裡不停重複播放出來似的，比她在陳氏孤兒院裡看到的小孩還要可怕駭人。

忽然一陣陰風撲面，她立即回神，連忙順從直覺，轉身就沿著光牆往右邊的樓梯口拔腿狂奔。

一路爬上五樓階梯，再跑過空中走廊到教學大樓。學生們的冷笑聲一直緊追在後，感覺離她超近，好像臉貼著她後腦勺笑一樣。她害怕的頸後寒毛直豎，中間都不敢停、也不敢回頭，直到跑到教學大樓的六樓走廊，笑聲離自己有段距離，才敢停下來回頭看。

那幾個學生，包括兩個小女孩，都聚集在空中走廊的另一頭。祂們不再發出怪笑，只是靜靜站在那邊，與她遙遙相望，等著她回去混沌為她專屬打造的懼域。

潔弟不明其由，當下心裡覺得奇怪：為什麼祂們不過來？這棟樓有什麼特別的地方嗎？還是說，這裡就是「專屬於吳常的懼域區域」？

「控、控、控！」

悶響從走廊上傳來，害她心驚了一下。音源離她很近，聽起來像是敲鐵盤的聲音。

此時她已是驚弓之鳥，立即縮回樓梯口，探頭往走廊看去。

昏暗清冷的月光下，走廊上的景物顯得有些朧朦不清。盡頭是六年五班，那個轉角處與她這邊相同，左右都各有一排齊天花板的置物櫃。

「控、控、控！」聲音似乎就是從某一格置物櫃裡發出來的。

裡面到底是什麼東西？會不會是手機在震動？還是什麼老鼠之類的小動物被困在裡面？潔弟心裡胡亂猜測道。

抱著忐忑的心，緩緩移動腳步向置物櫃靠近，同時四下張望，確認沒有其他異狀。

六年一班、二班、三班、四班。就在她硬著頭皮慢慢從四班的後門往五班的前門移動時，三、四個男學生突然從轉角的另一頭跑過來這條走廊。

她反射性地躲近五班前門門框凹陷的位置，微微探頭出來查看。

那幾個學生完全沒發現她的存在，正在將下排其中一個置物櫃的鐵門打開。

她怎麼也沒想到，從裡面撲倒出來的，正是穿著淺色西裝、自己正在苦苦尋找的吳常！

「怕了吧？」其中一個身材較高大的男學生揪起他的衣領，輕輕鬆鬆就把他上半身提起來。

吳常立即變成跪姿。他點點頭，看起來狼狽中竟有些瑟縮。

「怎麼樣，要不要承認？」男學生問道。

吳常頻頻搖頭，激動地揮著雙手。

男學生馬上抬手，一巴掌猛將吳常打倒在地。

「作弊還不承認！」男學生喝斥道。抬腳就毫不留情往吳常身上踹。

「對嘛！明明就作弊！不要臉！」另一個戴眼鏡的學生接著發難，把吳常抓起來又使勁揍他一拳。

「我沒有、我沒有……」吳常哭著努力解釋，連聲音都明顯在顫抖。

潔弟簡直不敢相信自己的眼睛，震驚地想著：那真的是吳常嗎？那個冷若冰霜、高高在上，受無數女人傾慕的天才魔術師吳常？他為什麼不反抗？為什麼看起來這麼軟弱、這麼害怕？

「騙子！才七歲就跳級念六年級，沒作弊怎麼可能每次都考滿分！呸！」平頭的男學生對地上的吳常吐口水。

口水落在吳常臉上的那一刻，彷彿喚醒了學生們野蠻暴力的天性，馬上圍著他拳打腳踢，下手毫不留情，還伴隨著難聽至極的辱罵。

腦中快速浮現一幕幕與吳常相識的過程，潔弟早就習慣了他總是散發著人生勝利組的耀眼光芒。要不是親眼看見，她根本沒辦法想像他曾經受到這樣的欺侮與傷害。

起來啊！反抗啊！你已經是大人了，為什麼還要怕他們？為什麼不還手？狠狠揍回去啊！潔弟在一旁心裡吶喊道。

可是吳常沒有。他始終都倒在地上縮成一球默默啜泣，被身材看起來比當時的他大好幾歲的同學不斷毆打。

很快潔弟就明白了。也許是當年受創的傷口太深，遠遠超出吳常七歲時的心理負荷能力，且又未曾真正釋懷，所以至今仍在心底的某一處淌血，沒辦法癒合。

這就是吳常根深蒂固的恐懼，他一輩子難以抹滅與克服的痛。

高大的男學生忽然揪住吳常的頭髮，大聲出言威脅：「你再不承認我就把你從樓上丟下去！」

「我沒有……真的沒有……」吳常的聲音聽起來含糊不清。嘴角流下的血，與兩行清淚混在一起滴下地面。

潔弟知道這是他的懼域，應該由他自己學會面對、戰勝自己的恐懼。雖然不出手幫忙很殘忍，但若有機會還陽，這對他來說才是最好的。

可是當她看到他滿面淚痕、惶恐無助的臉，立即想起前世在廢棄屋裡遭人輪暴、痛哭失聲的若梅，理智轟地一聲瞬間消失殆盡。

去他媽的規則！

內心一把怒火猝地燃起，潔弟握拳大聲對這些該死的學生吼道：「王八蛋！」

第二十五章
祂知道了

她頓時怒從心頭起，惡向膽邊生；不是想制止這四個男學生，她氣到簡直想把他們扁到連他們親媽都認不出來！

馬上就朝那個揪著吳常頭髮的高大男學生衝過去，離她比較近的戴眼鏡學生立即伸手要抓她。

「一群欠扁的死小孩！」潔弟奮力把他推開，趁著衝勁跳起來，抬手握拳就朝高大男生的臉使盡全力揍過去。

男學生吃痛立刻鬆手，往後退了好幾步，背抵女兒牆低頭摀著臉低吼。她馬上蹲下把他兩腿抬起猛力往後一掀，他立刻就頭朝下摔了出去。

「你先下樓吧你！」她探頭對往下墜落的他罵道，「欺負弱小！不要臉的——」

話還沒講完，她左臉就被狠狠擊了一拳，差點站不穩跌在地上，力道大得她有些暈頭轉向。勉強扭頭定睛一看，是剛才的戴眼鏡學生。顴骨先是一陣火辣辣，接著是出奇地疼，彷彿被打凹、打碎似的。

雖然潔弟進入混沌七域之後，早已體認到在這裡也可能會有各種知覺，但挨揍的這瞬間，才確切意識到這一點。

痛覺來得兇猛，她根本猝不及防，耳中嗡嗡作響，有那麼幾秒呆愣在地。

直到戴眼鏡的男生又再次揮拳，她才反應過來，連忙低頭閃過。方才那口怒氣再度提到胸口，抬腳就左右開弓狂踹他重要部位。

「就你會踹人是吧？我現在就把你踹到一輩子尿不出來！」

「噢！」戴眼鏡的男生痛得五官全皺在一起，彎腰駝背地叫屈，「踹的不是我……」

「哎差不多啦！」她不耐煩地揮揮手。

他後退的時候不小心絆到地上的吳常，沒站穩就往後摔出去，頭撞到置物櫃，發出「控」一聲低響。

跪坐在地上的吳常瞪大雙眼盯著潔弟看。那吃驚不已的表情好比他們在老梅村時，她所處的區域即將時空歸零一般。

忽然「磅」地一聲，後腦勺受到重擊，潔弟往前撲倒在吳常面前。她立即感到頭昏眼花，眼睛張開一片金、一片紫的色塊，視野內盡是朦朧，聚焦不起來。

她後腦勺的疼痛開始蔓延的同時，也感覺身子一輕，被人提了起來，視線總算恢復清晰了。她極力忽略那股刺痛，只是雙腳發力往後亂踢亂踹一通，恰巧踢到後面學生的肚子。

趁他鬆手，她回頭一看，是始終沒開口但剛才也揍吳常揍得很起勁的高瘦學生。

她見他手上拿著一隻不知哪來的木頭桌腳，登時氣得七竅生煙：「竟然連武器都拿出來了！」

立即衝過去抱住他的腰，將他撲倒在地，兩個人在地上扭打成一團。她又打又咬，雙手指甲把他臉都抓花，他一提腳把她踹出去，跌到吳常身上。

潔弟見到吳常臉色刷白，有些驚恐的樣子，連忙爬起身，擦擦嘴角的血，對他說：「你閃開啦。我扁得正起勁，要是不小心連你一起扁那多不好意思。」

耍帥的話才剛說完，她雙臂就被人從後方架住。高瘦男生往她猛攻而來，頓時拳如雨下。因為她上半身幾乎都被固定住，只能勉強側身閃躲，用腳踢回擊，同時努力掙脫束縛。

架住她的手突然一鬆，她沒空回頭查看究竟，立即伸手抓住眼前高瘦男生的拳頭罵道：「你們兩個打我一個，根本就是孬種！有種單挑啊！」

正想踹他的時候，有隻手臂從後面環繞過她面前，勒住她的脖子！力道之大，她霎時整個身子都往後弓起，腳尖瞬間抬離地面！

背後的人不只是勒住她，另一手還用力將她的頭往後扳。她心念一動，登時大驚：他是要把我的脖子扭斷！

意會到這點，她脖子立刻往他轉動的反方向發力，死命抵住，不讓他得逞。同時手肘瘋狂地往後擊、腳也拚命往後踹，可是他像是感受不到疼痛似地，完全不為所動。勒住她頸項的手勁還越來越大！

她漸漸喘不過氣，反擊力道也越來越小，臉被扭到左邊的時候，她眼角餘光看見勒住她的人，驚訝地發出怪聲：「呃……」

他竟然是剛才那個摔下樓的高大男生！

六樓摔下去怎麼可能沒死！你這才叫作弊吧！潔弟心裡想這麼罵他，卻苦於有口難言。

再差一點點，她脖子就要被往後扭斷。就在她即將氣竭的那一秒，一隻木棍般的東西忽地往扳著她臉的手重重落下，感受到一震，那手隨之從她臉上移開。

她再用力將脖子的手一扯，立即脫離鐵臂的勒制，登時本能地張口貪婪呼吸，如釋重負。

就在這麼幾秒間，吳常已俐落地打趴這幾個學生，像拎垃圾一樣，前後將三個學生扔下樓。而剛才打他打得最狠的高大男學生則被鎖進吳常原本被關的那格置物櫃裡。

這下換高大的男學生從裡面不停「控控控」地敲打著鐵門，吵著要出來。

「吳常！」潔弟目瞪口呆地盯著他，實在沒想到他可以這麼快就克服自己的恐懼。

「妳額頭上的眼睛是怎麼回事？妳怎麼會在這裡？這裡是什麼地方，妳知道嗎？」吳常四處打量問道。

「嗯，」潔弟點點頭，突然覺得好感動，不禁有些哽咽，話都說得有點含糊，「太好了，你成功克服自己的恐懼了……」

「此地不宜久留，」吳常邊顧盼左右，邊牽起她的手往活動中心的方向走，「快走！」

「不對不對，」潔弟立刻拉住他，向反方向努嘴，「這邊才對。走這邊去三樓！」

吳常沒有太多猶豫，馬上跟著她順著樓梯下到三樓，而她則一路仰賴光牆指引。

原以為只要再過幾秒，就可以順利逃出懼域，豈料，跑進三年三班時，她卻意外發現路徑的終點不見了！

「那團白光呢？」潔弟在教室內轉了一圈，裡頭除了普通課桌椅以外，空空如也。光牆到第二排桌椅中段也斷了，不再有藍線。
「怎麼會這樣？」她又急又不解地說，「盡頭出口應該在這裡才對啊！」
「這裡到底是哪裡？」吳常又問。
「混沌七域，陽間與陰間之間的過渡區。我們在七域裡的懼域。原本可以從盡頭這裡逃出去的，可是現在出口不見了！」她驚慌失措地說。
「還有別的出口嗎？」
「沒有。每個域界都只有一條逃脫路線，路的盡頭就是出口。照理來說，照著路線走就一定會找到唯一的出口，除非——」她忽然想到什麼，止住了嘴。
「除非？」
「祂知道了！」她轉頭看向吳常，驚恐地說，「混沌知道我們正在逆行七域了！」
話才剛說完，教室的地板突然垮下！
感到腳下一空，他們兩人都措手不及地跟著碎裂的地磚一起墜落。

＊＊＊

耳邊傳來嘩啦嘩啦地磚落水聲，潔弟心下才剛起疑，她與吳常身子就噗通、噗通兩聲，接連掉進水中！

遍體感受到冰冷刺骨的寒意，她隨即浮出水面，忍著發疼微刺的不適，睜開雙眼一看，他們竟然正在活動中心一樓大廳後方的游泳池！

學校泳池非常大，前方是十二道四百公尺水道，水深都是標準一百二十公分深；後方則是深潛區，專門給潛水社練習水肺潛水。標準水道和深水區之間，水面上和池底都有條橫向水道繩作為界線，水中則有無數條直立式水道繩鈎住上下兩端，以免學生誤入深水區。

而此刻她正在泳池前方，由左數過來，第四排標準水道內。四周光線仍舊昏暗，卻比剛才在教學大樓、在樓上時還要明亮許多。

沒看到吳常身影，她邊踢水邊到處張望，喚道：「吳常！」

「啵啵啵啵啵！」右前方，與她相隔三條泳道的水面上，突然冒出一連串正在移動的泡泡，看來水下吐氣的人正在離她而去。

她馬上深吸一口氣，潛入水中，往那條水道看過去。

池水冷冽清澈，幾乎沒有雜質，能見度非常高。只見吳常身體後弓，雙手雙腳都被一大團烏漆抹黑的東西從後方五花大綁，而那團東西正將吳常往後方深水區的方向拖去！

水中施力困難，找不到施力點的吳常，只能憑藉自身肌力試著掙脫，但他一看到潔弟，便立刻停下動作，只對她猛搖頭，像是在警告她，叫她不要過去。

她直接忽視他的肢體語言，立刻擺動四肢、游起自由式追在他身後。那團黑濛濛的東西速度不快，不到幾秒她與它的距離就拉近到七、八公尺。

那東西撥開標準水道和深水區之間、立著的排排水道繩，將吳常拉進深水區。水道繩立即又恢復原位，像簾幕一樣將後方景象遮掩得影影綽綽。

隨後趕至的潔弟也依樣畫葫蘆地撥開幾顆繩上的浮球，游進光線更暗的深水區。

然而，即便昏暗，這光線也足以讓她看清縛住吳常的東西是什麼。方才乍看之下，她以為那無數條茂密粗長、隨水流漂蕩的東西是黑色海草，直到她看見好幾頭濃密的長髮，髮絲間還有好幾雙慘白的手，才驚覺大事不秒！

水鬼！一群水鬼！潔弟心中驚駭道。

吳常肺裡的空氣告罄，他不再吐氣、不再搖頭，一直盯著她的眼神逐漸失焦，轉為空洞。他身子開始往下沉，被那群水鬼拖下深淵般的幽黑！

第二十六章
善域

潔弟盯著那些在黑暗中不時閃動惡毒光芒的眼珠與妖異浮腫的身軀，全身止不住地發抖。

她超級超級怕鬼，要她面對祂們已經很難了，何況是主動靠近祂們，把吳常從祂們手中解救出來。

挑戰這種最深層、最原始的恐懼就像是違背本能一樣，她可以暫時停止呼吸幾秒，但是一定有個極限無法逾越。可是她也知道，如果她再不救走吳常，那他遲早會溺斃的。

內心的天人交戰越來越激烈，理智彷彿在耳邊咆嘯，要她立刻轉身游上岸，以免惹禍上身；情感又不停催促著她快跟著潛下去，將吳常拉出水面。就在她躊躇之餘，那群水鬼已挾著吳常消失在視線可及的範圍內！

一發現這點，她腦中瞬間一片空白，接著心裡想道：啊他媽的，管他的！反正也沒有退路了，我一個人上岸又有什麼用！

腦子一熱，當即蹬腳浮出水面深吸一大口氣，就頭朝下直直潛入那片深邃的幽暗之中。

腳踏水沒幾下，吳常的面容又再次出現在視線之內。潔弟先是一陣欣喜，又因那些水鬼而感到萬分害怕。

祂們一看見她，原本抓住吳常的手，不是抓得更死緊，就是變成擒抱的，同時惡狠狠地瞪著她，像是在無聲威嚇與宣告所有權：這是我們的！

感受到那些水鬼怨毒的眼神，她兩腿都有些發軟，完全憑剛才的滿腔熱血與奮勇的餘溫支撐，才能繼續往下接近。

此時吳常雙眼閉闔，神情像是睡著一般的放鬆。潔弟想起之前因調查金沙渡假村謀殺案，意外從空中墜海時，她也一度因身上被綁著鉛塊、不斷下沉而差點淹死。

那時候是他救了我！現在換我了！

她下定決心，不再有任何遲疑，立即硬著頭皮發力踢水，伸手就抓住吳常的肩頭，對上他的嘴唇，將所有空氣一股腦地吐進他嘴裡。

水鬼們趁勢攀上她身體，將她與吳常一同繼續往池底拖去。祂們一碰觸到她的瞬間，她的身體就全然麻木，完全使不上力，更遑論掙脫。然而她的努力沒有回報，吳常還是閉著眼，沒有任何反應。

他們被水鬼又壓又拖的，身體一直疾速下沉、下沉、下沉，水壓越來越大，耳膜承受的壓痛也越來越強烈。

下方好像無底洞似的，深不可測，現在往下看都還是一片漆黑。

潔弟看著吳常，難過地想：完了，結果還是救不回你。

就在她因痲痹而鬆開抓住吳常衣服的手時，他的眼睛突然睜開，雙手不知道什麼時候掙脫了水鬼的箝制，一把將她拉回來抱住！

此時他們都感受到下方一股強烈的吸力，往池底看去，好幾個排水孔的孔蓋居然是完全打開的。
才剛看清排水孔上方有無數逆時針旋轉的水龍捲，他們轉眼就被吸了進去！

＊＊＊

潔弟的知覺再度回歸，強勁的吸引力消失，取而代之的是「晃動」。
她張開眼，視野內的景象竟全是一片淺紫色。雖色調怪誕，但天色比起剛才還要明亮一些，像是薄暮時分一般。
吳常見她醒來，便放下搖晃她肩膀的手。然而那股輕微晃動仍在持續。她坐起身，發現自己和吳常在一艘木船上，而木船則在廣闊無垠的波濤之中！
「這裡是……我們在海上？」潔弟訝異地說。
「為什麼要用疑問的語氣說出已知事實？」吳常單膝跪在她旁邊，疑惑地問道。
「要你管啊。」潔弟沒好氣地說。
「妳知道現在這裡是哪裡？」
她愣了一下，說：「要透過天眼看才知道」
她摸摸自己的額頭，天眼果然又再次關閉。一想到又要再忍受劇痛才能開啟，她忍不住搖頭輕嘆，一時之間有點抗拒再結手印將它打開。

吳常見她嘆息，立即追問她一堆問題。她看周圍海象平靜，暫時沒什麼危險徵兆，便一一解釋。講到後來，乾脆一五一十地把來龍去脈說給他聽。吳常心思機敏，不消片刻便能了解前因後果，甚至可以自己融會貫通，比她更清楚混沌的運行原則。

「懼域的九字訣是什麼？」吳常問道。

「穢惡殘，獄境虛，清破魔。」潔弟想也不想就回答。

「原來如此。這樣就說得通了。」吳常一點就通，還不忘讚嘆道，「九字訣真像是武俠小說中的祕笈。」

「啊？我有說什麼嗎？」她疑惑地說，「你這樣就聽懂了？」

「通過的祕訣就是『無懼無怖』對吧。只有面對自己的恐懼時，心中不再帶有懼意，才能通過考驗。」吳常慶幸說道，「還好我們都過關了。」

潔弟想了一會道：「喔！好像真的是這樣耶！你克服了對那些霸凌你的同學的恐懼，而我克服了對鬼的恐懼。」

吳常突然正色地凝視她，說道：「以後不要再來救我。」

「以後再說。」她小聲說道，眼睛飄到遠方，羞於直視他。

吳常自動忽略她的話，又道：「那這一域的九字訣是什麼？」

「『善域』的話，是『劫難逃，煉真源，善得明。』」

經吳常這麼一問，潔弟才想起找逃脫路線這件首要工作，忙道：「對了，我得先開天眼看清楚域界出口的方向。」

「不是很痛嗎？」吳常皺眉問道。

「一下下而已啦！」她擺擺手，逞強地說。接著深吸一口氣，立即結起「天圓地方」手印。

突然之間，一陣炙熱的焦灼感貫穿她的腦袋，頭像是被人塞入炸藥雷管似地，硬生生從中炸裂！

「啊——」她發出自己難以想像的淒厲尖叫，痛得抱頭痛哭，縮成一團。除了嗡嗡耳鳴聲以外，其他什麼都聽不到，眼前也是一片黑暗。

過了半晌，疼痛才又逐漸退去，潔弟張開雙眼，視力恢復了。

不過，視野之內卻沒有半條幽藍光線。她感到詫異，碰碰額頭想確認天眼是否真的有睜開。除了摸到天眼之外，她發現額頭燙得像在發燒。手掌順著眉梢往下滑，竟已是涕淚縱橫。

感覺有人輕撫著自己的頭，她沿著手臂抬頭一望，是吳常。他正目不轉睛地盯著她額頭上的天眼，好像十分感興趣的樣子。

「糟糕了啦！」潔弟連忙慌張地坐起身，跟他說，「藍線都消失了！」

「既來之則安之。」吳常老神在在地提議，「先看看逃脫路徑在哪。」

「嗯。」她閉上凡眼，只留天眼觀想所在方位。

如吳常所猜測，他們的確通過懼域的考驗，來到下一域「善域」。而逃脫路徑的起點居然在海的彼端，也就是陸地上！

潔弟肉眼立即彈開，又急又惱地對說吳常說：「怎麼辦、怎麼辦，逃脫路徑離我們超遠的！光用木槳划船都不知道要划到季元幾年！」接著她將看到的景象全描述給吳常聽。

他靈機一動，問她：天上、海上還有沒有其他大型交通工具？像是郵輪、飛機這種。」

「這麼說起來，好像有耶。」她不太肯定地說。

剛才全身貫注地尋找逃脫路徑，其他地方根本沒有留意。是以她立即又閉上凡眼，再次凝神觀想。

果然在遙遠的海面上，有艘高速往陸地方向航行的白色郵輪！

雖然離他們還有一大段距離，但是郵輪往陸地前進的航道上，只要不轉彎，就一定會經過他們這艘小船附近。如果在最靠近的時間點，能吸引船上的人的注意，也許就能將他們救上船，順帶載他們上岸。

潔弟把心裡的盤算說給吳常聽，他也同意暫時待在海上守株待兔，等待白色郵輪的到來。這段時間他暫時閉目養神，而她則持續睜著天眼，觀察郵輪的航行方向。

波浪帶點金屬光澤的紫黑海面上，視野非常單調。原本就已閉上雙目，僅留天眼的她，在經歷一番驚心離奇的波折後，一旦鬆懈下來，很快就在固定韻律的搖擺中，不知不覺睡著了。

不多時，吳常將她搖醒，急問：「郵輪開到哪了？這段時間海面都很平靜，根本沒有船經過。」

她正要再次觀想，卻驚覺周圍海面上竟一片朦朦朧朧。水氣竟在她睡著的片刻便升騰、凝聚成紫色薄霧！

「怎麼會突然起霧！」她吃驚地說。

「這是其次，」吳常不慌不忙地提醒她，「快看看鄄輪開到哪了？」

她依言照做。天眼的視野中，鄄輪此刻仍在往陸地的方向航行，與他們的距離大幅縮短了許多。她估算著，鄄輪大概在半小時內，就會與他們擦身而過。

才剛跟吳常說完，他就忽然抬起手，以手勢示意「安靜」。她立刻閉上嘴，不明就裡地東張西望，想知道他注意到什麼。

頃刻間，海上的霧氣就變濃了些，各種人聲開始從四面八方向他們圍過來！

「救救我……」一個女孩的聲音幽幽飄蕩在耳邊。

「救命啊！」男孩吶喊著。

「吳常，我在這！」另一個男孩聲音叫著，「救我啊！」

一時之間，海面上呼救聲、哀嚎聲不斷，有遠有近，但是潔弟一個人影都沒看見。接著又聽到有人在呼喚吳常的名字，當下真的有些頭皮發麻。

不過也許是因為剛才在懼域裡已經克服了自己的恐懼，此時她沒有以往那般容易慌張，勉強還能安撫自己保持冷靜。

第二十七章
告解

潔弟不明白，為什麼突然之間海面上出現這麼多人。好像是附近有什麼郵輪翻覆或沉沒了，所以船上的乘客全都落海一般。

這些求救、呼喊、悲泣，聲聲聽得她毛骨悚然。她隱約覺得不太對勁，正要問吳常該怎麼辦時，他就率先開口，心中的疑問與她相同。

「妳的天眼剛才只看到一艘白色郵輪嗎？」

「嗯。」她點點頭，邊問邊搖起槳，「我們快去救他們吧。」

「不要。」吳常按住她的手，理所當然地說。

「啊？為什麼？」她把他的手推開，繼續往離她聲音最近的方向划，「不救他們，萬一淹死了怎麼辦？」

「如果為了救他們，錯過白色郵輪怎麼辦？現在海面上有霧，如果我們划得太遠，從郵輪上根本就看不見。」吳常再次按住她的手。

「那我們可以大叫、大聲求救啊！」她不服氣地說。又把他的手推開，雙手忙碌地划起船。

「郵輪航行的時候，本身就會發出巨大的噪音。除非郵輪靜止，不然上頭的人絕對聽不到海面上的聲音。」吳常三兩下就擒住她的雙手，「再說，平白無故的，海上怎麼會突然出現這麼多人？搞不好這就是善域要引開我們，故意製造的幻象。」

「先去看看再說嘛。」她不死心，奮力甩開他的手，又拾起槳繼續划，「不救很冷血耶。」

吳常輕嘆一口氣，雙手抱胸，樣子像是在跟潑婦爭辯一般無奈地說：「那妳幹嘛問我？」

「呃……」她靈機一動，「對了，善域之所以叫善域，是不是就是要人做好事啊？九字訣的意思是這樣嗎？」

吳常像是被她問倒似地啞口無言，幾秒後才心不甘情不願地點點頭，不再反對她划槳前去救人，但也沒有要幫她的意思。

他們的小船嘩啦嘩啦地穿過重重薄霧，海上載浮載沉的人影逐漸清晰。她很意外落水的人這麼少。方才聽他們的聲音，還以為有成千上百人，現在放眼望去，不過十人出頭。落水的人一看到他們，有的馬上激動地揮舞雙手、高聲吶喊，有的則是立即往他們的船游來。

霧氣的關係，他們五官雖有些模糊，但從髮型上看來應該也是有男有女，都不約而同穿著白色短袖。

吳常見狀，抱胸的手放到船緣，凝神一看，當即皺起劍眉，好像看出什麼端倪，但仍舊沉默不語。

就在小船接近距離最近的長髮女孩時，吳常突然按住潔弟的雙手，急道：「等等！」

「嗯？幹嘛？」

「妳看她的領口。」

視野不清的情況下，潔弟不自覺地身體前傾、探頭，扇風似左右擺擺手，想將霧氣給撥散。定睛一看，領口藏身在女孩浮在水面上的黑色髮絲之中，綁著蝴蝶結，樣式是熟悉的綠色蘇格蘭格子。

潔弟這才認出，那長髮女孩身上穿的是他們維特小學的制服！

再看向其他人，果然不是綁著綠色蝴蝶結的女學生，就是繫著綠色領帶的男學生。

「哇靠……」潔弟錯愕地指著他們說，「該不會他們也都是……我們學校的學生吧……」

「不只如此……」吳常欲言又止，喉結上下顫動一下，像是嚥了一口口水，「這些都是我以前的班上同學……」

「這麼巧！」她吃驚地愣了一下，又說，「那就更要救了不是嗎？」

正想推開吳常壓住她的手，他抓住她的手便突然一緊，臉色難看地說：「他們全都死了……畢業旅行的時候……」

「不會吧……」她聽了頭皮發麻，愣愣地轉頭，視線再度掃過水面上的所有人。

他們像是明白自己被吳常識破似地，全都停下動作，不再揮手、也不再哭喊，只是一動也不動地死死盯著他們。

紫霧茫茫的海上很快就陷入令潔弟心慌的沉默。就在吳常操起槳，打算將船划走時，離他們最近的女學生突然打破寂靜：「喂別走啊！救我啊！我們不是同班同學嗎？」

「吳常，你怎麼可以拋下我們？」一個男學生也跟著指責。

「吳常你怎麼可以這麼冷酷！」另一個女學生面容哀怨地說。

一個個學生的聲音此起彼落，埋怨、質疑、謾罵一時充斥海面，矛頭全都直截了當地指向吳常。

潔弟轉頭望向面無表情的他，問道：「你真的……不救嗎？你不是那種見死不救的人啊。就算他們曾經傷害過你——」

「妳不懂！妳根本什麼都不懂！」吳常打斷她的話，口氣是從未有過的激動，「他們沒有一個是好人！我絕對不救！」

她正想說些什麼，吳常又開口：「我曾經問茜，為什麼他們要罵我打我，他們不知道這樣我會痛嗎？」

接著他目光凌厲地盯著她說：「茜告訴我，他們當然知道我會痛，他們就是要我痛，就是要打死我！」

吳常眼瞳轉為藍紫色，情緒激動地面紅耳赤，下巴到脖子都爆起青筋：「因為嫉妒！就只因為嫉妒！妳說，像他們這種無怨無仇、隨隨便便就想置人於死地的人，我為什麼要救！」

他的吼聲在汪洋之中、在她腦海之中迴盪。而他的雙眼仍直勾勾地怒視著她，等待她的答案。

潔弟剎那間明白懼域與善域的分別；「克服」恐懼很難，但「原諒」那些帶給他恐懼的人更難！

同時，她也覺得混沌好可怕。祂太清楚人性、太懂他們了。每個人在祂面前，根本沒有任何祕密，心就像是被剖開攤在檯面上似地赤裸、無所遁藏。祂不斷地一層一層往人的內心鑽下去，將裡頭的東西一點一點地翻出來，逼著人們面對自己、看清自己！

船身陡地一晃，打斷了她的思緒。

有個男學生不知道什麼時候游了過來，雙手正攀著船緣、弓起上半身，使盡全力要爬上船。

吳常眼神閃過一絲冰冷，正要抬腳將男學生的手臂踹開，男學生卻自己就先噗咚一聲跌回水中。

她彎腰伸手想將男學生拉上船時，又看到另外一個人。這個全身溼透的老人，頭髮灰白，穿著淺色西裝外套、白襯衫，看起來很狼狽。

古怪的是，剛才他們一路划船過來，都沒看到他。不知道他怎麼有辦法突然出現在他們船邊。

跟著過來要阻止潔弟的吳常，看到這位老者也有些訝異：「老師？」

她一聽便覺意外，印象中沒看過這位老師，不知道是不是以前也在維特小學任教。

老師聽到吳常喚他，頓時瞪大了眼，竟立刻熱淚盈眶，嘴唇因情緒起伏而顫動。他隨即抿起嘴唇，低頭眨了眨眼，才鎮定下來，抬頭對吳常說：「謝謝你，還願意叫我一聲老師。」

幾顆淚珠隨之滾落老師的臉頰，他說：「對不起！真的對不起！」

吳常登時心軟，便說：「先上來再說。」伸手就要將老師拉起來。

老師搖搖頭，輕輕推開他的手，說：「除非你真心原諒我們，否則我們是上不了船的。」

「到底……發生了什麼事啊？」她的視線在兩人身上來回游移，疑惑地說。

吳常跟老師都沒有回答她。他們好像都陷入了回憶，聽不進外界的聲音。老師挺起胸膛，彷彿鼓起了勇氣，一股腦地將心裡話全都吐露出來。

「也許你不相信，但在教到你之前，人人都說我是天才，我也真的以為自己是個天才。深信不疑。教到你之後，我才發現我平庸得很、什麼都不是。這對我來說是個很大的打擊！」原本老師語調平緩，說到這聲音卻開始越來越大聲。

「我實在沒辦法接受一個七歲的小孩，在家長會上，當著班上同學、家長和其他老師的面，指出我博士論文上的錯誤！」老師的眼眶又紅了，「我當時又氣又丟臉，心裡真的好恨你！整天詛咒你去死！」

吳常想說什麼，但老師以手勢制止他，繼續說下去：「後來，就算知道同學罵你、排擠你，我也不想跳出來幫忙排解。就算親眼看到同學打你，我也只是假裝沒看到，轉頭就走，心裡還會暗自感到痛快。」

潔弟倒抽一口氣，怎麼也想不到，竟然連老師也參與了這場令人髮指的校園霸凌！她看向吳常，心疼地想：而這一切他都知道！知道老師看著自己被欺負，卻只是冷眼旁觀、什麼都不做。被鎖在置物櫃的時候、被圍毆的時候，他該有多無助、多害怕！

老師的眼睛很快又淌出淚水，雙手交握，像是在禱告又像是在告解：「我也不知道我是怎麼了，竟然因為認知到自己的平庸，就去憎恨一個天才。我忘記你才七歲，你只是個孩子，沒辦法獨立面對這些。我忘記你是我的學生，忘記我是你的老師，竟然因為自己的嫉妒，沒在你最需要幫忙的時候，伸出手拉你一把。反而跟其他學生一起將你推下深淵！」

「夠了。」吳常別過頭不想再聽。

然而老師並沒有住口，反倒泣不成聲地說：「這麼多年來，我一直想跟你說聲對不起……但是我就是拉不下臉。現在，我不敢請求你原諒我，但我希望你能原諒同學，讓他們上船……」

「不可能……」吳常邊聽邊搖頭。

第二十八章
滔天巨浪

吳常是個習慣隱藏自己情緒的人，但絕對不擅長背著自己的心意說謊。雖然他口頭上仍是拒絕，但語氣卻開始出現猶疑。潔弟知道他的心已經在動搖了。

她聽了老師一番掏心掏肺的話，心裡也是又震驚又感慨，一時之間五味雜陳、思緒紛亂：雖然老師以前助紂為虐實在有夠幼稚、有夠欠扁的，但心地好像也不是那麼壞……不過，才講幾句話就要吳常放下過去、原諒這些師生，也太強人所難！唉！

她感歎一聲，內心糾結歸糾結，心裡也清楚，原不原諒這種事，只有當事人說了算，其他人實在沒有立場過問或要求。

吳常先是轉身背對老師、試著平復情緒，接著又轉頭過來看向潔弟，眼神憂鬱中又帶有一絲詢問的意味。

「呃，你看我幹嘛？」她有些納悶地問。

吳常沉默了兩秒，才開口：「要是妳，會原諒他們嗎？」

她一聽，當即低頭皺眉苦思了好幾秒，越想越是找不到答案。

就在吳常正要撇過頭的時候，思緒已經糾結成一團毛線球的她，甩了甩頭，順從直覺地回答他：「要原諒曾經重傷過自己的人，哪有那麼容易啊！」

吳常抬眼看著她，似乎在等著她繼續說下去。

「你當然有理由恨他們、報復他們！反正這也是他們活該自找的！就算你一輩子抱著仇恨，我都不覺得有什麼不對。」

「但是，」她停頓了一下，又說，「我從來沒看過這樣的人開心過……再說，他們不是都已經死了嗎？你還能拿他們怎麼樣？如果你還放不下，就只是跟自己過不去而已。人心裡有了疙瘩、有了恨，怎麼可能還有辦法開心啊？我覺得，你值得比以前過得更快樂。」

吳常靜靜地看著她、聽她說話，聽著聽著，眼眶竟開始紅了。

她一說完，他馬上仰頭，像是在思索，又像是竭力不讓眼淚流下來。片刻之後，他眨了眨眼，才又低頭，喃喃道：「也對，人都死了……」

吳常轉身，將手伸向海上的老師說：「上來吧。」

老師一聽，發出一聲哽咽，立即困窘地抿起嘴，點點頭，將雙手交給吳常。雙腳一離開水面，老師的臉上登時露出驚喜與欣慰的笑容。

當吳常將手伸向男學生時，男學生像是一臉不可置信地瞪著他，無聲張口了一會，突然激動地雙手扶額痛哭，邊哭邊斷斷續續地說：「對不起……其實我……我一直都知道你沒有作弊……對不起……」

這句話對吳常意義重大。他一聽，下顎線條隨之收緊，情緒明顯被牽動。

潔弟在旁見狀也是兀自感動。與其說是被她說服，倒不如說是吳常本身就是個善良又容易心軟的人。她只不過是在他動搖的片刻，補上臨門一腳而已。

然而，她內心其實不太舒坦：老實說，如果這些曾經欺負吳常的人都還沒死，我還真不知道該說什麼！

一將男學生拉上船，船身就因吃重而往下沉許多，伸手出去都可以直接摸到水面。同時，四周起了變化。明明沒有風，海面上的霧卻突然散去，海水和空氣也都溫度陡降。坐在船上都能感覺到沁人的寒意，背脊有些發涼。

她抓住木槳，目光轉到船的另一側，打算接著去救其他學生時，赫然發現海面上的人竟明顯變少了！剛才還有七、八個，現在竟然只剩下三個！

還在等他們救援的學生，不再呼喊、揮手，也沒有像剛才那般急著自己游過來船邊。每個都是環抱住自己，全身顫抖著。他們臉色發青、嘴唇發紫，牙關都發出喀喀的打顫聲。

她使勁划了好幾下，才前進兩、三公尺。想來是船上載的人變多，前進的速度也沒辦法像剛才那般敏捷輕快。吳常從她手中搶過槳，接著賣力往學生的方向划動。

船速明顯快了許多。她正要開口誇讚吳常，耳邊就忽然傳來接連不斷的海潮聲和驚呼聲，海面上剩下的學生，一個個全都目瞪口呆地朝潔弟他們的後上方看。

感到詫異，船上四人同時回頭一看，她跟老師、男學生三個當場嚇得瞠目結舌，吳常則馬上加大力道划槳。

只見遠方竟平白多了一道越爬越高的水牆，綿延幾百公尺，正以飛快的速度向他們欺近！

由於事先完全沒半點徵兆，她愣了足足兩秒才結結巴巴地說：「那個是……海嘯？」

「海嘯指的是朝沿海地帶推進的強浪。」吳常沒好氣地解釋，「不講究名詞定義的話，就叫它『巨浪』吧。」

潔弟更是難以置信扭頭看向吳常說：「這都什麼時候了，你還在糾結名詞定義！」

這時也顧不得海水冰冷刺骨，出於求生本能，三個學生一回神，馬上擺動四肢往他們的船拚命游來。

大家一陣七手八腳，才總算先把第二、第三個學生拉上船。當第三個學生坐下時，潔弟才認出他是懼域裡，帶頭痛毆吳常的高大男學生！

儘管他連連道謝、面露感激，她卻對他非常不以為然，因為她親眼看過他對吳常的殘忍。要不是看在他已經死了的份上，她還真想再把他踢回水裡去。

船上如今承載了六個人，不僅沒有多餘的位置可容人，船身也是再度下沉一大截，船緣高度都已經與海面拉近不到十公分了。

別說是多一個人，浪大一點，海水隨時都會淹進來！

最後一個仍在水中奮力打水的女學生，仍與他們有段距離。吳常想搖槳過去接應，此時卻是怎麼使力，船都紋風不動。

他們其他人看了也不可能坐在那邊乾著急，每個人都立刻將手伸進凍人的海裡，拚命划水。奈何小船除了左右打轉以外，硬是不肯前進半分。

「船太重了！」潔弟驚愕地叫道。

女學生瞧見船上的狀況，便停下手腳，不再游動，只是眼眶泛淚，楚楚可憐地看著他們，不知該如何是好。

眾人耳中的浪濤聲越來越清晰，巨浪轉眼又往前推進了好幾百公尺，正以排山倒海的驚人氣勢襲來。

如今情況已到了岌岌可危的地步，要是不減輕重量，船就划不動，大家就都逃不了了。與其如此，還不如……

潔弟這麼一想，便嗖地站起身，打算跳船。

坐在她旁邊的吳常立即揪住她的手，急道：「妳幹什麼！」

「我一跳，你們就趕快划船！」她邊說邊甩動手腕，想將他的手甩開。

「要跳也是我跳，妳重量影響不大。」吳常跟著站起身，雙手用力抓住她的肩頭。

說時遲那時快，老師竟一聲不吭地從船的另一頭跳下！

「老師！」其他學生驚呼一聲，沒人來得及勸阻他。

小船那頭立刻往上翹起一小截。其他學生立刻移位過去，一方面為了保持船身平衡，一方面也是想將老師再拉上船。

吳常與另一船頭中間還隔著三個學生，船身狹窄，他一時也無法移動到彼端。沒想到老師竟刻意繞過那三個學生的手，游到吳常、潔弟這頭。

「快上來！」吳常毫不猶豫地伸手對他說。

老師搖搖頭，口氣極為堅定地說：「我知道我以前不是什麼好東西。但是這次，請讓我有機會成為一個好老師！」

「老師！你快上船！會凍死的啦！」學生們呼喊著。

老師充耳不聞，又踏了幾腳水，游離小船，目光爍爍地看著吳常：「記住，你是我教過最優秀的學生！」

說完，不等吳常反應，他便吐出一大口氣，將頭埋入水中！

「老師！」吳常傾身伸手就要抓他，可是還是慢了一步，他整個人都已沉入水裡，沒有一點氣泡浮上來。

吳常正要跳下船去救他，忽然轟隆隆雷鳴般的巨響，眾人皆抬起頭來，驚見高度遠超過二十層樓的滔天巨浪正排山倒海而來！

更可怕的是，他們都清清楚楚地看見，紫色玻璃般的水牆上方，一艘白色巨輪竟高高懸在上方，被海水推到白色浪頭邊緣、搖搖欲墜，隨時可能會俯衝下來！

潔弟心跳像是瞬間漏了半拍，簡直看傻了眼。

「來不及了……」吳常淡定說道。

她推開他，不放棄地發力划槳，小船卻不為所動。一個男學生見狀，立刻接手過來划槳，其他人則猛力用臂當槳跟著划。

海面上霎時波濤、暴雨洶湧，那道水牆來勢如窮兇猛獸般緊追在後，轉眼就來到他們船後！

剎那間濁浪排空，猶如泰山壓頂，瀑布般的水花不停從上空落下，頃刻就將他們全都淋得濕透，瞬間灌注進船內的海水，讓船身再次下沉。他們徒手舀水的速度遠遠跟不上落下的水量，眼看隨時會滅頂，卻一點辦法也沒有。

除了吳常之外，所有人都開始歇斯底里，全都聲嘶力竭地大吼大叫，卻無法聽清楚彼此和自己的聲音，驚濤駭浪的轟鳴聲將所有聲音都給淹沒。

在滅頂前的最後三秒，潔弟抓緊吳常的手，絕望地抬頭看向漫天蓋海的水牆掃來，將他們一舉鯨吞！

第二十九章
悔域

猛烈的海水衝擊力忽地一消，潔弟睜開雙眼，眼前竟變成一片粉紅色的世界！

或者應該說是紅色，非常透明的紅色，像是景色被上了一層遮罩，或是戴上某種紅色眼鏡看東西一樣。

方才鋪天蓋海的水牆和白色巨輪都不見了。汪洋又恢復為最一開始的平靜，唯獨視野由紫轉紅。

「果然如此。」吳常的聲音吸引了潔弟的注意。

她轉頭望向他，他正從她右方十幾公尺的距離，好整以暇地朝她走來，朝她一步一步「踩著海浪走來」！

「嗯？咦！」她瞠目結舌地發出怪聲。

「沒什麼好意外的，混沌裡面沒有物理定律可言，什麼事都可能發生。」聽她解釋幾句就成為混沌專家的吳常，往她腳的方向努努嘴，要她往下看。

她低頭一看，自己也是站在海上！

海面上像是有某種看不見的玻璃地板支撐他們的重量，牢固地讓她如足履平地，一點也感受不到海浪上下起伏，只有海水在腳邊來回沖刷的清涼感。

「我們通過善域考驗，進到悔域了。」吳常走到她面前說道。

她陡地心生感觸：每個人的資質、品性、境遇都不一樣。不僅在世時一點一滴地造就我們的人生，也在混沌中一沙一土打造自己的七域。回首這一路過關斬將，我最大的難關是時域、空域這兩個邏輯虛無飄渺的域界，但對於吳常來說，大概就是善域吧？

吳常的話又讓她想到另外一點，她馬上問他：「不對啊，為什麼善域裡面沒有考驗我的人啊？混沌祂是不是漏掉我了？」

吳常輕嗤一聲，說：「像妳這麼鄉愿的人，連想殺妳的吳依樺和差一點開槍打中你的小智都能馬上原諒，哪還需要什麼考驗。」

「又說我鄉愿！我哪裡鄉愿啦！」

吳常懶得跟她辯，話鋒一轉又問道：「悔域的九字訣是什麼？」

「木成舟，渡己罪，蕩歸道。」她反射性地回答，又不依不撓地追問，「喂，你還沒回答我，我到底哪裡鄉愿啦！」她叉腰墊起腳尖，想增加一點氣勢，可惜高度僅到他的肩膀。

吳常澈底忽略她的抗議與逼問，只是兀自點點頭，略思考了兩秒，便說：「所以破解的方法是對遺憾釋懷、原諒自己犯下的罪過。」

吳常的話令潔弟腦中霎時跑出片段記憶畫面，歷歷在目。

十六歲時，因為一場死亡車禍，她墜入混沌。老師父將她從時域逆行帶回陽間時，她曾得以一窺悔域，但當時還不明白眼前畫面所代表的涵義。一直到去年，也就是她二十五歲的時候，才驚覺當年在悔域看到的，是未來即將發生的遺憾。

當時她在國外帶團，突然接到爺爺病危的消息。雖馬上趕回季青島，卻只來得及在爺爺送火化前，在殯儀館瞻仰他的遺容。

她忍不住唏噓感歎悔域的考驗太折磨人：來不及在疼愛我的爺爺彌留之際見他最後一面，這種事要我怎麼釋懷？也太難了吧！

吳常問潔弟在想什麼。她正要回答，手卻在不經意揮動時撞到了什麼。然而，她與吳常不過一、兩步的距離，中間只有空氣。

她納悶地再次往吳常的方向伸手，竟摸到一堵無形卻堅硬的牆！

吳常也看到了，手同時伸過來，他們的手心疊在一起，卻感受不到彼此的體溫。

她感到錯愕，雙手在看不見的牆面上下左右亂摸，又往左跑了幾步，還是沒找到突破點。吳常手貼著平滑的牆，反方向跑出幾十公尺，也是一樣的狀況。

心感到一緊，她開始拍打面前看不見的牆，沒有任何擊響，也感受不到牆面的震動。幾下之後轉為拳頭捶打，仍只有手心側緣不斷傳來的痛麻。

吳常往回跑到她斜對面，猛力以肘撞擊、以腳踢踹，卻一點用也沒有。這堵隱形的牆壁堅不可摧，猶如無形的結界。

就在這個時候，毫無預兆的，她忽然腳底一空，整個人掉進海裡！

落水的瞬間，原本將她和吳常隔開的牆也消失了，吳常下意識地衝向她，卻沒撞到任何東西，只是他還是慢了，伸手來不及抓住她，只抓到空氣。

感受到海水透心地寒涼，她在水下立刻擺手踩水往上游，即將浮出水面之際，頭竟像是頂到天花板似地撞了一下！

她抬頭一看，上面除了海水以外什麼都沒有，但是指尖確實是抵到了什麼東西。就像是走在冬天結冰的河面，不小心踩到薄冰而摔進河裡，卻在下一秒發現河面又再次結成冰一樣！

我出不去！我被困在水裡了！

潔弟在水下無聲地尖叫，一波恐慌馬上洶湧地將理智淹沒，她開始猛力拍打、推擊著頭頂的隱形隔閡，滿腦子都在想：救命！我不能呼吸！快要沒氣了！

「王導……」熟悉的男人聲音自海底傳來，聽起來飄忽幽盪。同時，她的右腳腳踝一緊，被比海水更冰冷的東西攫住！

一股冰到骨子發疼的寒意立即從背脊末端往上竄至後腦，她忍不住發顫，心想：我帶過的團這麼多，會這樣叫我的團員就那麼幾個……而且這聲音，不就是……前陣子，在金沙渡假村被勒死的葉先生嗎！

「怎麼？沒臉見我？」葉先生以一種尖酸刻薄的口氣說道。一點也不像他在世時那般斯文溫吞。

混沌七域裡出現的熟面孔，都與陰陽兩界真實的生命無關，而是相由心生；純粹由域界從亡者生前點滴提煉、幻化出來的模樣。潔弟雖然清楚這點，卻還是忍不住被域界牽著鼻子走，沒辦法以抽離的角度，冷靜看待、面對事件的發生。

「妳當時為什麼不開門？」葉先生埋怨道，「本來我還有救的！我會死，都是因為妳！

都是妳的錯！」

她低頭往下看，只見葉先生七孔流血、雙眼上翻，嘴巴張得好大，長長的舌頭垂到一邊嘴角，腐爛的臉上都是一個個發黑的蛀孔！

她感到一陣愧疚與驚恐：不可能，這誰都不可能！發生這種事，誰有辦法不自責？誰有辦法原諒自己！這是人命啊！可是木已成舟，我沒辦法改變啊！

她心裡一直跟葉先生道歉，但祂感受不到，只是死命地將她往深海拉。不管她怎麼踢都踢不開，雙手也無法將他的手扳開，越是用力掙扎，吐出的空氣就越多。

同時，吳常跪在海面上，雙拳猛力捶打，但是結界就像是厚厚一層玻璃，根本無法撼動。此時的潔弟隨時都會氣竭，但出於求生本能，手腳更是發狂似地打水，拚命與葉先生往下拖的力道抗衡。

吳常接著站起來使勁往下跳，這次結界雖然還沒產生裂紋，但也許是由上而下比較好施力，所以力道顯著增強了。她抵著海面結界的雙手，開始感受到震動！

她激動地對吳常點頭，他立刻明白她的意思，馬上從西裝外套裡抽出一支長得像針灸針、像冰鑿似的金屬開鎖工具，將它卡進鞋跟凹槽，猛力往下一踩。牢不可破的海面竟像是被鑿開似的，立刻出現輻射狀裂紋！

她一看，急忙閃開，果然下一秒，吳常奮力一躍，落下的瞬間，開鎖工具連同整隻鞋都直接插進海裡！

吳常眼明手快地彎下腰，一手拔針，一手探進水裡撈，成功將她拉出水面，直接將她橫抱起來，以免她一接觸到海面又會掉進海裡。

一離開水裡，她立刻拚命張口呼吸，感受到空氣大舉湧進肺裡的充盈感，如獲新生。情緒尚未平復，周圍場景倏地一轉，他們竟被移動到一條山道上！

天光明亮，可是視野仍像是在暗房裡頭那般的血紅、那般的帶有危險的氣息，令潔弟感到不安，全身不自覺地再次繃緊神經。

「換我了。」吳常竟是以肯定的語氣說道。

她沒有問他從何判斷出來的，因為她腦中現在是一片空白。雙手緊抓著他的手臂，腳怯生生地在山道上點了幾下，確定沒事後才敢同時雙腳著地。只不過出於剛才太過突然的落海，她一時驚魂未定，右手還是牢牢抓著吳常的衣角，不敢鬆開。

耳邊突然傳來車聲，她低頭俯瞰，一台遊覽車在左下方不遠處，穿過枝葉繁茂的林蔭，沿著山道又彎又拐地往他們的方向飆來。幾秒之後，又有一台遊覽車跟在後面開上山，速度毫不遜於前面那台。

潔弟不由得為車上的司機和乘客捏把冷汗：這兩台車的司機就算再怎麼熟悉山路、再怎麼趕行程，也不用這麼玩命、開這麼快吧！這條山路超窄的耶！

吳常沒有跟她一樣低頭往下看，但他似乎知道等下會來的是什麼，因為他一手插褲子口袋，一手摀住雙眼，呼吸變得有些急促，像是在極力緩和焦慮或畏懼的情緒。

她不禁好奇：吳常的悔域，到底會是什麼？他也會有後悔或遺憾的事嗎？

納悶之際，幾台車正巧從右上方山道開下來，速度也不慢。

意識到兩邊方向的車將在此處會車，她連忙拉著吳常往山壁退避。完全忽略了，車子在遠方行駛時，看起來會比實際慢。所以，當他們才剛走到山溝上的水溝蓋，兩邊的車同時開到他們面前時，她當場嚇得跳起來！

原本從右方開下山的第一台是休旅車，再來是汽車，但是在彎道時，第三台山區小巴趁機在路肩超過兩台車，直驅而過。

他們面前的山路很窄，開在前頭的第一台遊覽車也許還能勉強跟休旅車會車，但也許是遊覽車司機沒料到對向的山區小巴會忽然超車，就在小巴超車成功，從路肩切回山路的瞬間，本就高速行駛的遊覽車司機根本來不及閃避。

她看見兩張不同五官卻同樣驚恐的側臉，同時都下意識往右猛打方向盤的手勢，在電光石火的剎那，小巴與他們擦身而過，猛烈撞上她右側的山壁；外側的遊覽車就這麼剛好、不偏不倚地在他們正前方翻車、墜下山溝！

第三十章
有罪

一切發生得太快，猶如一氣呵成，在場所有司機都來不及反應，潔弟跟吳常更是差點就被撞過來的小巴波及！

她心驚膽顫地連呼吸都忘了，渾身嚇出冷汗，十六歲那年的死亡車禍給她帶來巨大的陰影，至今都還心懷恐懼。

那台遊覽車在衝出護欄之前，她瞄到擋風玻璃後的一張A4紙，上頭印著兩行字，上排四字，下排六字，因為車速過快，她只看清上排的「旅行」二字。儘管如此，在距離靠得這麼近的情況下，她還是一眼就認出，那是維特小學的專用車。

車頭上方漆著「維特小學」四字，中央又印著大大的校徽。再者，這種車型的遊覽車，在車上座位數只有二十個，都是比照飛機頭等艙打造的單人座椅，在她小時候可以說是非常高級豪華、獨一無二的訂製車。

難道說，我們學校有哪一班發生過這麼嚴重的交通意外？

這個疑問一生，她腦袋陡地想起吳常在善域時說過的話，他說他們班的同學在畢業旅行的時候都死了。

既然這樣，會不會那張紙上寫的第一行是「畢業旅行」呢？

下一行雖來不及辨讀，但既然是畢旅，那她猜，寫的可能是班級，也就是「六年五班專車」，這類意思的字眼。

只是她越想越覺得不對勁：等一下，既然是畢業旅行，班上所有學生都罹難了，為什麼吳常沒事？

來不及細想，一陣嗡鳴聲就害她分神，抬眼往護欄後方的大樹看去，留意到樹梢上空正滯留著一架空拍機！

心裡霎時有種說不出的突兀感：吳常七歲的時候是十九年前的事了。那個時候雖然有遙控飛機，但是應該沒有空拍機啊，至少沒有民用的。可是，山區這邊怎麼會有這種東西啊？

還想不出個所以然，場景又是一轉，變成停放轎車和維特小學專車的停車場。環顧兩、三圈，潔弟才確認這裡是校內的停車場。

此時天色已晚，月亮高懸，校園內亮著盞盞路燈，照明充足，可說是一目了然，只是視野仍是那令人作噁的紅色調。

一個穿著襯衫、西裝褲、皮鞋，儼然大人打扮的小男孩仰躺在一台遊覽車右前方的下頭，雙手拿著工具對著底盤又戳又轉，像是在修理什麼。他很小心，邊弄邊顧盼左右，注意四周動靜。

不想驚動小男孩，潔弟彎腰墊腳，悄悄躲到斜對面一台休旅車後，探頭想看清楚他到底在幹嘛。

然而，她卻先看到那台遊覽車擋風玻璃後的紙上，印著兩行清晰端正的字—畢業旅行，六年五班專車！

她看著仍在埋頭苦幹的小男孩，忽然感到一股顫慄：不會吧……

小男孩拿著扳手戳了底盤一下，前車門立即旋轉開啟，他將所有工具收進各個口袋，確認眼下無人，才小心翼翼地爬起身。

走上駕駛座後，又掏出那些工具，在座位下擺弄一番，好一會才走下車，回到右前方底盤按了某處，車門關閉起來，他才總算離開。

剎那間，她全都明白了。

原來吳常還活著是因為他沒去畢旅，而不去畢旅的原因不是怕被排擠欺負，而是他知道即將有車禍發生。

原來這不是意外，是事先安排好的。而吳常他，就是這場謀殺的兇手！

她被腦中這個結論嚇得全身起雞皮疙瘩。誰能想到一個看起來可愛無害的七歲小孩，會是這起死亡車禍的始作俑者。

轉頭回望吳常，他頭髮凌亂，頹然無力地倚著車輪，蹲坐在地，不時有淚從他低垂的臉上滴落下來。

潔弟在心裡問道：吳常，你之所以能在善域裡原諒那些傷害過你的人，是不是正是因為你已經報復過了？

她知道每個人都有每個人的地獄，但直到這一刻，她才知道地獄不是陰間才有的。

她感嘆地想：也許我們在世時可以逃避刑責、瞞過所有人，但卻怎麼都不能欺騙自己。

誰能想到，總有一天，我們會有必須面對所有不堪的時候。吳常再次親眼目睹自己曾經犯下的罪行，卻只能眼睜睜看它發生而無從阻止、改變，內心該有多懊悔？他不可能原諒自己、通過悔域考驗的，怎麼辦？

念頭一轉，當即想到：只有找出口出去了。對！出口！

潔弟立刻結起「天圓地方」之印，沒想到這次的疼痛如此之甚，神經竟像是保險絲超過負荷、燒斷一般，她瞬間就失去了意識！

＊＊＊

不知過了多久，待潔弟再次醒轉，居然是站在一個明亮寬敞的歐式書房之內。而幽藍色的光牆橫越書房所有傢俱，直抵書桌後的對開窗戶。

眼前依然通紅的畫面令她越發心浮氣躁，一看見窗外那團白光，就想馬上拉著滿面淚痕的吳常離開這個域界。

不料她怎麼拉他、叫他，他就是對她不理不睬，出神似地盯著面前一對貌如母子的兩人，面色是她從未見過的憂鬱。

女人纖細高挑，穿著幹練的深藍套裝、黑色高跟鞋，盤著簡單優雅的髮髻，髮色雖是深褐色，立體的五官輪廓卻是典型的西方白人。那雙藍紫色眼瞳美得令人屏息，相貌極為出眾。然而，她開口又是與季青人無異的流利中文。

「丟臉，我的臉都被你丟光了。」她講話的音量不大，但從她嫌棄的語調與冷酷、凌厲的眼神，不難看出她正在數落面前的小孩。

潔弟定睛一看，才驚覺這個穿著襯衫、低著頭，雙手小指頭正不安地扭動的小孩，是剛才那個對遊覽車動手腳的小男孩。也就是七歲時的吳常。

「欺負？你還有臉來跟我說你被欺負？是期待我安慰你、哄你、替你解決問題嗎？」女人冷笑一聲，又說，「從來都只有我們黑維埃家把別人踩在腳底，哪輪得到別人對我們動手。遇到敵人就得毫不留情、心狠手辣地處決他們。這我不是早就教過你了嗎！」

潔弟一聽，心中登時一凜，這才恍然大悟：原來眼前畫面是吳常對遊覽車動手腳之前。就是這臭女人一直給吳常灌輸極端錯誤的觀念，才讓他以為只有殺死同學，才是解決問題的方法！

女人冷眼責備到一半，忽然狠狠賞吳常一巴掌，將他打倒在地：「你簡直令我噁心！」毫無防備就被打得撲倒在地的吳常，一吃痛當即趴在地上哭了起來。

豈料，他的母親一聽到哭聲反而更加惱火，喝斥道：「哭什麼哭！不准哭！你這個廢物！教你多少次了，要喜怒不形於色，好惡不與人知，為什麼你就是學不會？為什麼你就不能跟茜一樣！」

潔弟看著面前一大一小的吳常抿嘴啜泣，心中頓時大為光火，雙拳握緊到指甲都深深嵌入掌心，怒氣隨時就要爆發。

「你真是我們黑維埃家族的恥辱。」女人別過頭，不願看吳常，「不，我不允許我們家族有你這樣的失敗者。我絕對不會承認你是我們家族的人，你不是我兒子——」

「說夠了沒！妳給我閉嘴！」氣炸的潔弟馬上衝過去用力把女人推倒在地。

女人一撞到書桌，桌上一支水晶杯立即一晃，摔到地上濺起無數透明碎片：「哐啷！」

「妳才丟臉！吳常有妳這樣的虎媽真他媽倒了十輩子的大爛楣！」潔弟氣急敗壞地大罵，「自己腦子有問題就算了，還拖累吳常，害他現在整天一副面癱冰塊臉，妳滿意了嗎？」

才罵沒幾句，房間突然如地震來襲般劇烈搖晃起來，天花板逐漸崩塌，地板一塊一塊往下塌陷，潔弟見情況不對，連忙拉著吳常要離開。

才剛爬上書桌，書桌就猛地往下一沉！

此時已間不容髮，她連窗都來不及推開，便牽著吳常的手，硬著頭皮用手肘撞破窗戶，在玻璃碎片中墜入這團白光！

第三十一章
舊憶

十三年前，夏季炎陽下的美國紐約，午後的曼哈頓西村區（West Village），林蔭街道兩旁是維多利亞早期風格的紅磚鑄鐵房屋，復古典雅，充滿藝文氣息。

由於紐約大學坐落此區，因此街上時不時有學生和在地居民來來往往，但遠沒有市中心那般人潮如織、行色匆匆。十字路口有一家餐廳名叫「街角酒館」（Corner Bistro），吳常、姊姊黑茜和兩個保鑣正在店裡同桌用餐。

彼時他們的父母早已離異，姊姊改從母姓，因而中文名改叫黑茜。因為小學雙雙跳級就讀的關係，十六歲的黑茜與十三歲的吳常今年都高中畢業，相隔萬里的姊弟倆決定團聚慶祝一番。

吳常穿著普通平價的白色 polo 衫與淺色卡其褲，黑茜則穿著與店內環境格格不入的黑色高訂套裝，而保鑣們為了掩人耳目，都穿著輕便的休閒服裝。遠看就像是爸爸和叔叔帶著兩個孩子一起用餐似的。

此刻桌上四份漢堡套餐皆已到齊，但只有兩份正在被保鑣享用。吳常像個大人一般翻看著報紙，而從沒吃過庶民美食的黑茜則瞪大眼睛錯愕地看著兩個保鑣吃得津津有味。

她從小就喜怒不形於色，但在吳常面前卻總是不自覺卸下所有防備。她一把搶走他手中的報紙，皺眉抱怨道：「我排開所有行程，大老遠從法國飛來美國，就是為了跟你吃一頓飯。結果你就請我吃這個？」

「對啊。這家很受歡迎的。」不懂人情世故的吳常不覺得有問題，說完便拿回報紙，繼續攤開來看。

黑茜再次搶走報紙，語帶怒火地問他：「我們整整一個學期沒見，難道你沒有什麼話要對我說嗎？」

吳常指向報紙上，他正在看的一則社會新聞，語帶同情地說：「這個案子疑點很多，我認為他們太草率就結案了。這樣是不對的。」

黑茜更生氣了，音量不自覺提高道：「我們這麼久沒見，你就跟我講這個！」

「嗯。」吳常先是點了點頭，接著意識到姊姊是在抱怨，因此又一臉無辜地問她，「有什麼問題嗎？」

「你！」黑茜一時氣急，竟說不出話。

一旁兩個保鑣互看一眼，皆低頭偷笑，用飲料或厚實的漢堡遮住自己的臉。

黑茜閉眼嘆了一口氣，心想：我們黑維埃家族爾虞我詐、心狠手辣的優良品德，他半分也沒遺傳到就算了，都已經十三歲的人了，還那麼天真，整天想著公理正義！

知道弟弟不是有意氣她，她深吸了一口氣，壓下怒意，睜開雙眼，理所當然地回他：「不對又怎麼樣。這個世界沒有是非對錯，只有貧富貴賤。」說完優雅地以吸管喝了一小口可樂，把自己那盤漢堡推給她的保鑣，以眼神要對方解決掉。

聽到貧富貴賤四字，吳常看向窗外街道上住帳棚的遊民，心有所感地說：「我聽這裡的人說，那些遊民其實都有工作，只是因為無法負擔房租，所以才只能住在街上。」他轉頭看向姊姊，「為什麼有些人都已經這麼努力了，還活得這麼辛苦？他們明明沒有做壞事啊。」

黑茜扶額又嘆了一口氣，內心感慨道：又來了。又在那邊悲天憫人。他這些年到底在美國都學了什麼啊？簡直教育失敗！

偏偏這個人曾經為了她連命都差點沒了，害她從此成為無可救藥的弟控。

她語帶無奈地回道：「這個社會就是這樣。不必放在心上。」

吳常堅持道：「但是這樣是不對的。這個社會應該要讓勤勞的人有更多生存空間才對。」接著又指向報紙上的那樁案子，「這個社會不該讓無辜的人受委屈，也不該讓犯法的真兇逍遙法外。要是我像福爾摩斯一樣有能力幫他們查出真相就好了。」

望著吳常清澈純真卻堅定的眼神，剎那間黑茜明白了。

吳常之所以從小到大都對是非對錯這般執著，就是因為他是吳常。

這就是他。他就是如此光明純粹。

於是黑茜苦笑地搖了搖頭，接著對他微笑說：「我明白了。既然你對辦案那麼有興趣，那就像你的偶像福爾摩斯一樣去當偵探吧。不過在此之前，你得先培養自保的能力才行。辦案的過程隨時可能有生命危險。」

「我已經有能力保護自己了。之前有好幾個同學想找我麻煩，他們大我好幾歲，比我高大很多，但是都被我反擊回去了。」

黑茜展現罕有的耐心，告訴他：「如果你真的對重案感興趣，你將來追查的真兇有可能是窮凶極惡、喪盡天良的武裝歹徒。你現在那點三腳貓功夫可遠遠不夠。就去念軍校吧，這樣你才有機會熟悉真正的槍炮彈藥，才有機會見識到真正的特種部隊和武裝行動。等到你成年後，累積了足夠的實戰經驗，就儘管去追尋你的正義吧。」

吳常訝異道：「什麼？我已經申請上紐約大學了。而且軍校至少要成年才能申請吧？」

「這些你不用擔心。入學資格那些，我會再跟爸說，我們會搞定的。凡事有我在，你就放心做你的光吧。」

***

異象市市立醫院的國際病房內，兩台維生艙併排在一起，艙外面板分別顯示吳常和潔弟的即時生命徵象，微弱卻穩定。

兩人面色好像只是陷入沉睡，然而軀體卻都早已沒了靈魂，生理機能的維持完全仰賴維生艙，只要維生艙一關，全身血液與器官就會即刻停擺，屍體就會開始氧化腐敗。

坐在吳常艙外這側的黑茜，這幾天不停思索著：心臟的第一下跳動從何而來？為什麼有時急救能讓死人復甦，有時不能？再來，人腦的心智、意識又是從何而來？為什麼有人就算再次擁有呼吸、心跳，仍是腦死？究竟驅動生命的核心是什麼？

只是這些問題，連世界一流的醫生都百思不得其解，黑茜又如何能知道。

「路路，我到底該怎麼做才能讓你活過來？」黑茜喃喃道。

一手貼著維生艙玻璃罩，她凝視著裡頭平靜的臉龐，望眼欲穿。

這幾天黑茜都輾轉難眠，無法闔眼。她美麗的紫瞳已失去昔日的奕奕光采，臉色比艙內的吳常還要蒼白憔悴。

有好幾次她都以為吳常的睫毛在顫動，定神一瞧又發現是自己看錯。除了失落，更是心痛。

黑茜想起了與吳常的過去，包括至今她最難以忘懷的那段往事……

＊＊＊

十九年前，歐式書房內，黑茜偷偷躲在書房一角的下方壁櫃中，藉著一條細縫，靜靜向外窺視著。

原先黑茜為了隱藏實力，與母親——黑羅蘭約定必須刻意裝作資質平庸的樣子，好降低未來潛在競爭對手的戒心。但後來吳常跳級，黑茜因擔心他無法與高年級的同學相處，才堅持跟著跳級與他一同念小六，以便就近照顧他。豈料母親因她違背了原先為她籌謀的安排，而更加厭惡吳常。因此黑茜出於擔心，時常暗地裡偷偷關注母親的舉動，以免她做出不利吳常的事。

此時身體半倚著書桌的母親正在責怪吳常，兩個身穿黑西裝、表情不苟言笑的保鑣站在門邊隨時候命。

母親發出「嘖」的一聲，鄙視地看著吳常：「真是成事不足，敗事有餘。」

「對不起。我不知道他們會……他們會死掉……」吳常神色黯然地說，「我只是想讓他們受傷。」

母親嗤笑一聲，說道：「誰管他們是傷是死？我在意的是，你下手也不下乾淨一點。你跟茜都沒去畢業旅行，遊覽車又留下動手腳的證據，難保警察不會查到我們家身上。」

吳常沒再回話，只是低下頭、抿起嘴，手指緊張地捏在一起，站在母親面前乖乖任她責備。

壁櫃裡的黑茜太了解母親的心思，更知道她接下來要做什麼。

她登時又氣又惱地想：得知這場車禍，媽媽第一個想到的卻是要如何與路路切割乾淨！難道黑維埃家族在外的名聲比路路重要嗎？再說，黑維埃公司賣的是軍火，做的都是殺人的勾當，又哪來好名聲需要維護！

黑茜更怨母親從小到大都瞧不起亞斯伯格症的吳常，處處刻意打壓他、譏諷他，讓他難過受挫。那時候的她真不明白，母親明明就清楚吳常天性就像父親一樣善良單純，為什麼還總是要他違背本性，逼他學他一輩子都學不會的君主論。

果然，母親貌似誠懇地蹲下來，與吳常拉近距離，搭住他雙肩、與其平視，語氣轉為罕有的親切溫柔：「我想你應該知道自己錯了吧。」

「嗯。我知道。」吳常點點頭，不敢抬頭直視母親。肩膀不自在地聳起，全身緊張到僵硬。

「知道就好。人都要為自己做的事負責。你也不例外。」母親那雙藍紫色眼睛閃光一絲不懷好意的光芒。她語調放軟，言語之間帶有一股令人難以抗拒的魔力，「既然做錯了事，就更應該勇於承擔。」

吳常對於即將面對的法律程序似懂非懂，眼神膽怯不安地迎上母親的雙眼：「那我應該……」

「去自首。」母親難得用哄孩子般的溫柔語氣說，「這件事已經影響到黑維埃家的聲譽和形象，為了我們家公司的生意，你應該要懂得為人著想、顧全大局，不是嗎？」

「嗯。」稚嫩的吳常嚴肅地皺起眉，心裡有了覺悟，「我明白了。我去自首。」

「這樣才是好孩子。」母親裝模作樣地摸了摸吳常的頭，緩緩起身，吩咐其中一個保鑣，「現在就送他去警局。」

保鑣立即大步一邁，牽起吳常的手就要帶他離開。

吳常措手不及，忙道：「等等！我還沒跟茜說再見！我還有好多話想跟她講！」

「沒什麼好說的。」母親擺擺手，懶得再演戲，神色冷漠地瞥了一眼保鑣，「帶他走。」

黑茜再也沉不住氣，立刻推開櫃門，從壁櫃中衝出來阻止。

「等一下！」黑茜衝向保鑣，急道，「放開他！」

「茜！」母親眼神中閃過一絲驚訝，但馬上就恢復平靜，向保鑣使眼色要他立刻帶吳常離開。

保鑣自然清楚這個家裡真正作主的人是誰，一意會過來馬上就牽著吳常往門外走廊離去。

而吳常一見到黑茜，就露出欣喜的笑容，眼睛亮起晶瑩的光芒。不過，當他察覺母親示意要保鑣帶他離開，眼神中的光采立即黯淡了下來，笑容也隨之凋謝。肩膀落寞地垮下，乖乖跟著保鑣離開，依依不捨地回頭看著黑茜。

另一個保鑣見狀，一個箭步蹲下來，即時擋住黑茜，不讓她離開書房。

黑茜憤怒地對攔住她的保鑣拳打腳踢，又對那個帶走吳常的保鑣大聲喊道：「我命令你放開他！聽到沒有！」

「沒關係的，茜。」吳常挺起胸逞強道。接著抿了下嘴，又說，「是我錯了。」

他勉強勾起一個僵硬的微笑，更讓黑茜心裡感到揪痛難耐。她沒辦法眼睜睜看著天真的吳常就這樣被保鑣押去自首。

他根本不知道自己接下來要面對的是什麼！黑茜想道。

就在吳常即將消失在黑茜的視線中時，她繃緊的理智線終於斷了。

「不！」黑茜慌亂地叫道，「不是的、不是的！」她淚如泉湧，轉頭對母親解釋，「是我、是我！都是我！是我雇用那個開小巴的司機！跟路路沒關係！都是我、都是我、都是我！」

「我當然知道。」母親毫不驚訝地說，「但我怎麼捨得？」

牽著吳常的保鑣聽到黑茜的話時，有那麼一秒停頓了，但就僅僅這麼一秒。下一秒，他繼續牽著吳常離開。

母親單手一拉就把黑茜輕易拉到自己身旁，伸手撫摸黑茜公主般的長捲髮，蹲下來把她的髮箍戴正，溫柔地安撫道：「妳是天生披著狐狸皮的獅子，是我的傑作。將來是要奪下黑維埃公司的人，怎麼可以出事。」

同時，黑茜聽到屋外吳常與保鑣上車後關門的聲音。當車子發動離去的那一刻，她感到心如刀割。

「心疼嗎？」母親仔細地端詳著黑茜的臉部表情，試著安慰她，「妳要知道，他不過是瑕疵品，是個隨時可以替妳犧牲的器官備胎，妳——」

「他是妳兒子！」黑茜用盡全力甩媽媽一巴掌，憤怒地吼道，「妳根本不配當他媽媽！」

母親身子一晃，臉被黑茜打得撇向一邊，頓了半秒，立即反手猛力一揮，以手背將黑茜打得往後跌坐在地。

「我恨妳。」黑茜噙著淚，大聲哭喊道，「我恨妳！我恨妳！我恨妳！」

她恨母親，更恨自己的渺小與無能為力。

母親充耳不聞，滿不在乎地舉起書桌上的水晶杯，輕啜著氣泡水，姿態是一貫的優雅愜意，彷彿剛才命人強押自己的親生兒子去警局自首是件微不足道的小事。

「磅！」書房外頭的家門被猛地打開。

一位身著淺色西裝、戴銀色方框眼鏡的男人衝進客廳，停留幾秒又立刻往走廊走來，經過書房門口看見倒在地上的黑茜，立刻上前將她抱起身，關心她的傷勢。

尚在書房內的保鑣禮貌性朝男人點了下頭作為招呼，便退回門口待命。

黑茜見到面前這位長相斯文英俊，眉宇之間卻不失陽剛的男人，心中的防備立即全盤瓦解：「爸爸……媽媽她……」她泣不成聲，窩在父親懷裡嚎啕大哭了起來。

父親登時感到震驚，在他的印象中，女兒不只繼承了前妻的個性，鮮少有情緒起伏，更一直都是超齡的冷靜與堅毅，怎麼會突然情緒失控？

「到底怎麼回事？」父親慍怒地轉問黑羅蘭。

「甘你什麼事？」黑羅蘭放下水杯，不客氣地說，「當初說好一人一個，那個廢物跟你姓歸你管。茜跟我姓，就是我的。現在我要怎麼教育她，還輪得到你插嘴？」

「我是她爸爸！她的事一輩子都是我的事！」父親更是惱火道。

「省省吧，吳簾青。我們已經離婚了。你跟我們一點關係也沒有。」黑羅蘭語帶訕笑之意，「還是先想辦法解決你們吳家的使命吧。」
「爸爸，」黑茜稍微冷靜下來，扯了扯父親的袖口，連忙求救道，「快救救路路！」
「多嘴。」黑羅蘭翻了翻白眼，語帶不滿地說。
吳簾青察覺有異，視線掃了書房一圈，急問：「兒子呢？」
「嗯……我想想……」黑羅蘭故作思考狀，矯情地說，「應該在前往警局的路上吧？」
「什麼！」
「自首啊。」
「他一個人？」吳簾青心疼地說。
他剛才一收到黑茜偷偷傳給他的簡訊，就立刻衝回家。沒想到還是來不及當面向兒子問清楚狀況。
就算兒子真的有錯，那也應該在我的陪同下到警局自首才對啊。吳簾青想道。
「你再不快一點，就來不及救他囉。」黑羅蘭要笑不笑地說。
「羅蘭妳！」吳簾青從前妻的反應中看出她又暗中使了些把戲，登時氣得說不出話，連忙扭頭衝出家裡，開車離去。
「妳會後悔的。」黑茜滿面淚痕，瞪著母親，眼神是十足的譴責與恨意，「總有一天，我會要妳付出代價。」
「喔？」黑羅蘭挑眉，回以戲謔的神情，「妳要真有這個本事，我還會慶幸黑維埃達菲家族後繼有人。」

她斂起壞笑，冷冷地命令身旁的保鑣道：「送她回房。」

第三十二章 四伏

志剛雙手抱胸、雙腿交叉，上半身倚著門框，靜靜杵在國際病房門口，望著黑茜的背影，心中何嘗不是感慨萬分。

他曾經翻閱過關於黑茜和吳常的機密檔案——「維特小學畢旅車禍事故調查」。

當年，在吳簾青的陪同下，十歲的黑茜與七歲的吳常各自向警方供稱，兩人背著彼此，獨自策劃維特小學六年五班畢旅的車禍。直到案發當天才發現彼此的計劃。

「維特小學畢旅案」從受理、偵辦、開庭前審理到開庭過程，皆困難重重，主要有二個癥結點。

其一，吳常的目的是想害同學受傷，而黑茜卻是意圖殺死車上所有學生。所以她明知遊覽車翻落深溝將死傷慘重，卻未在案發當天發現吳常計劃時警告他，反而帶著吳常一同執行這場謀殺。也就是說，兩人犯案動機顯然不同，卻難以分別追究各自造成的傷害程度。

其二，黑茜與吳常分別為季青島犯罪史上，犯下「蓄意謀殺」與「過失殺人」重罪之年齡最低的兒童。案發當年，《少年事件處理法》的適用範圍尚涵蓋七至十二歲的兒童，因此儘管吳常與黑茜尚十分年幼，但仍須承擔相應的法律責任。姊弟倆自首時都曾強烈表達願一肩扛下所有罪名。經過一連串的心理諮商和評估之後，更充份顯示兩人本性尚存良善、還有教化可能。在移送少年法庭之前，就已驚動警政高層，調查局與國安局更是摩拳擦掌、積極介入，想網羅兩人，納為國家所用。

雖然吳家與警界高層向來為世交，黑家則一直與政商界有著密不可分的往來關係，但兩家都無意將兒女交給政府機密單位培訓。幾番協商之後，經警界與法界高層雙方同意，決定取消兩人國籍，改移民至外國。

犯罪情節較嚴重的黑茜，除非取得特別簽證否則終身不得再入境季青島。而情節較輕的吳常被判處的特殊勞動服務，則是成年之後，須無條件協助警方偵破百件重大案件。而兩人後來也交由離異父母分別送往法國和美國接受心理輔導，並於當地就學。

這也是為什麼志剛在醫院第一次見到黑茜時會這麼錯愕。他實在沒想到她這輩子會再出現在季青島。

思緒轉了一圈，志剛才敲敲病房房門，走到黑茜身邊。

「怎麼樣？」黑茜好像背後長眼似地，一聽到他的腳步聲，頭連轉都沒轉，便開門見山地問：「有結果了嗎？」

「沒有。跟丟了。」志剛神色難掩落寞。

如今，老梅村邪門的霧陣已經破了，更是難擋各路人馬的進出。這幾天又有些身分不明的人士在村外徘徊打探，明顯想要進村。幸好志剛料到這點，早已派底下的弟兄二十四小時輪班盯哨，才得以確保老梅村在吳常、潔弟兩人死亡後，再無人進出。

「不過，就算沒反向追蹤成功，想也知道又是當年幕後主使人派來亡羊補牢的。」志剛補充說道。

「主謀身分有那麼難查嗎？」黑茜口氣有些尖酸刻薄，「你也算是個聰明人，不重啟舊案偵調不是因為你沒有方向，只不過是你貪生怕死而已。」

「妳這句話是什麼意思？」志剛反應雖冷淡，實則內心像是瘡疤被掀開似的，感到一陣刺痛。

「你很清楚知道我是什麼意思。」

「吳常和潔弟是自願調查的。」

「這個說法只夠你拿來自欺欺人吧。算了，我本來就不打算將路路的死歸咎在你身上，純粹只是想指出你的自私與無能罷了。這個話題就到此為止。」

志剛牙關一緊，感到面紅耳赤、無話可說。他撇過頭，覺得自己沒臉再面對潔弟和吳常。

「還有什麼事？」黑茜委婉趕他離開。

志剛吸了一口氣平復情緒，又問：「你們這裡沒事吧？」

黑茜視線還是停在吳常身上，說道：「我們公司的傭兵可不是吃素的。不過，消息早就走漏了，不論是有心還是無意。」

「果然如此。」志剛不太意外，但還是感到十分不滿。

畢竟幕後主使人已經知道有吳常和潔弟這兩個人的存在。就算奇蹟出現，兩人復活，也還是隨時有生命危險。以志剛現在手上能調派的人手來看，根本沒辦法同時顧全醫院和老梅村兩邊。再說，他工作上還是有繁重的案量要處理。

志剛憂慮地想：一旦黑茜抽手，潔弟的安全就有漏洞了。

「再兩個半小時就要第六天了。」黑茜忽然口氣沉重地說。

這幾天，刑警楊志剛不僅將所有案情告知黑茜，連中間離奇的曲折也一併交待清楚。但黑茜得知的越多，就越是難以置信。

難道只能靠潔弟？難道只能仰賴怪力亂神？可是我現在除了相信志剛的話、繼續等待以外，還能做什麼？她悲哀地想。

黑茜一直覺得自己沒有把吳常照顧好。現在吳常死了，她更是因自己的無能而再次感到痛苦。

志剛一聽，只能沉默以對。幾秒之後才硬是從唇齒中擠出一句：「再等等看吧。」

「到底還要我等多久？他們現在的身體狀況已經是奇蹟了！」黑茜語調轉趨激動，扭頭過來，哀痛地質問他，「你知道他的身體隨時都可能開始發臭、長屍斑嗎？」

「我認識的吳常和潔弟，都是死也不放棄的人。」志剛違心地說，「如果妳現在就放棄，那他們就真的沒有機會了。」

黑茜搖頭苦笑，問道：「就算機率趨近於零？」

「就算機率趨近於零。」志剛直視黑茜，正經八百地說。

＊＊＊

裝潢古色古香又兼具現代化設備的書房內，一名深色西裝打扮、戴著金屬框眼鏡的中年男子，正神色緊張地向坐在書桌後方一位滿佈皺紋卻精神矍爍的老人報告。

「……老梅村已經被刑事組第九偵查小隊隊長——楊志剛給全盤掌握，這幾天我們的人一直找不到時機進出。要想一舉摧毀陳氏孤兒院，恐怕一時半刻無法執行。」

聆聽特助——謝振華口頭報告的老人，鬢髮華白、梳著三七分油頭，背倚辦公椅，十指交叉擱在腿上。他卸下人前道貌岸然、和藹可親的面具，啐了一口，面露狠意道：「多事。」

「這位楊隊長現在是擅用職權、調派人力，這種情況不可能長久的。」謝振華分析完又提議道，「不如我們先按兵不動，等到風波過去，再進村行動？」

「按兵不動。」老人復述一遍表示同意，接著又轉而問道，「醫院那邊如何？」

「吳常和王亦潔兩人還在國際病房中。不過，都已經死亡超過五天，就算那個維生艙再厲害，也是回天乏術。我認為不必再把焦點放在兩人身上，而是——」

「錯！」老人目光如炬地看了謝振華一眼，令他震懾在心，「我說過，『對待敵人，絕不留情、永不鬆懈。』」

「這兩人都已經死了，還能有什麼威脅？」謝振華有些啼笑皆非道，「難不成他們還能跟警察託夢嗎？」

「你忘了德皓大師嗎？」老人嚴厲地說，「大師可是早就作古，還不是照樣給我坐鎮，保我們府上安寧幾十年！」

一聽到「德皓」兩字，謝振華立刻反射性地打起冷顫，心想：那個不人不鬼的老妖怪！

「是是是。」謝振華低頭彎腰忙道，「您說得對，是我思慮不周。」

「嗯。說到大師，」老人邊將桌上的文房四寶擺齊，邊問謝特助，「打聽到下落了嗎？」

「根據調查，大師應該還在老梅村內。也許是逼不得已，或是另有圖謀，所以還沒有出村。另外，那些進村的傭兵——」

老人擺擺手，再次打斷謝振華的話，不耐煩地道：「那些無關緊要的人事物，你處理就行，不必知會我。」

「是。」

「還有，去調查清楚老梅村的土地產權。」

「你的意思是……」謝振華一會意過來，連忙誇道，「高招！只要將土地全面收購，就不愁沒機會處理掉陳氏孤兒院了！」

＊＊＊

場景一轉，正值落日時分，潔弟與吳常在警局大門的馬路對面，看見他們與志剛三人一起在警局門口前吵吵鬧鬧。

那時候，金沙渡假村一案剛偵破，吳常特別邀請潔弟加入調查〈老梅謠〉背後蘊含的玄機，是這一連串驚心動魄經歷的開始。

她在無限感慨之餘，正巧看見吳常因為她叫了聲「寶藏」，而笑了出來。

那是她第一次看他笑。

他的髮梢、眉眼與笑容，在金色的陽光下，是那麼的燦爛美好。現在再次見到，心裡還是會感到一陣悸動。

「這是『捨域』？」身旁的吳常忽然開口，立刻戳破潔弟腦中所有的粉紅泡泡。

「嗯嗯，對啊。幹嘛？」她在回答的同時，心中也有個疑問隨著馬路對面的吳常笑聲冒出來，便脫口而出道，「嗯？捨域不是美好的回憶嗎？那你的回憶呢？」

「很難理解嗎？」吳常一臉詫異地回問她。難以置信她居然看不出他們兩人心中美好的回憶是同一個時刻。

「啊？」她聽了更茫然。

「算了，現在不是說這個的時候。捨域的九字訣是什麼？」

「洞見我，貪嗔癡，捨成得。」

「明白。」吳常想也不想就說，「破解之法就是『放下』。」

「哇靠是不是真的啊！」她難以置信地大聲嚷道，「每次都這樣！隨隨便便就解讀出來九字訣的意思！哪有人這樣的啦！」

「妳不能要求我跟妳花一樣的時間，畢竟妳智商低下。」吳常誠懇地說。

第三十三章
閉眼

潔弟一聽覺得好有道理可是又不想承認，所以一時之間不知該作何反應。

吳常一臉無辜地看著她，以為她沒聽懂，又問道：「妳能明白我的意思嗎？」

「明白、明白。」她以手勢請他閉嘴，立刻轉移話題，「我看我還是先開個天眼吧。省得混沌七域一天到晚要人看破紅塵，搞得我心力交瘁、糾結得要死。」

雖說是轉移話題，但說的也是事實。在逆行七域的過程中，心裡或多或少都會有那麼幾條坎，是不管再怎麼努力都過不去的。

她想，也許是因為知道自己還有復活的機會，所以不像一般亡者一樣，認清到自己已死亡的事實；也沒有那種「萬事已成定局」的認知；自然也更難做到樣樣都釋懷、放下吧。

「開天眼不是越來越痛嗎？」吳常不解地看著她，不明白她為什麼不考慮正面挑戰捨域出的考驗，「只要能放下最在乎的人事物，不就能通過考驗了嗎？」

「唉唷，就是因為越來越劇烈才會痛到沒知覺嘛！你不要囉唆啦！」

她一邊四兩撥千金地打發吳常，一邊心裡罵道：你懂個屁！再痛我也得開天眼！我要是能捨得的話，還需要自捅一劍來找你嗎！

趁著自己的愚勇還沒消退，立即結起天圓地方，殊不知這次開天眼卻不如在悔域時那般地好過，腦袋連同七竅都像是瞬間慘遭過境蝗蟲兇殘無情地啃噬殆盡。那種侵入肌理、深至骨髓似的苦痛，來得又快又猛，她來不及尖叫、甚至忘記呼吸，雙膝一屈，立即跪倒在地。

等到劇痛緩和了些，才又開始大口大口呼吸；即便她明明知道混沌七域實際上是一片虛無，還是貪婪地想將周邊空氣盡數吸進肺裡。

吳常扶潔弟起身，她見他神情有異，像是此刻陰晴不定、甫入夜的天空。但此時她已無多餘心力去猜測他心裡在想什麼，只想趕快找到出口。

眼前由數以萬計的幽藍光線所編織成的光牆，貼著警局外的濱海公路白色路面邊線，朝南北向延伸出去。往北邊看，冷藍光牆消失在彎道盡頭；朝南方望，約五、六百公尺處就是出口的那團白光！

「哇！太幸運了！」潔弟興奮地嚷叫著，連忙拉著吳常往出口的方向走。

那道白光像是察覺到他們正在接近它，故意不讓他們得逞似地，開始閃動起來！

潔弟一發現就直覺不妙，趕緊把眼前所見告訴吳常，這下反倒變成吳常拉著她往前奔跑。

白光剛開始閃動的頻率大約每五、六秒一次，等他們跑到距離白光三、四百公尺時，已經變成每兩、三秒閃動一次！

那團白光位置就在馬路的外側車道中央，而且最後一段路的路面邊緣就是懸崖，他們勢必得跑上濱海公路的路面。更可惡的是外側車道的車流方向都是由南向北，他們現在由北向南跑還是逆向！

「叭、叭！」

「叭叭叭——」

他們在高速車流中來回穿梭閃躲，一台台汽車與他們擦肩而過時，各種各樣的喇叭聲不斷在他們耳邊輪流炸開，既刺耳又令潔弟膽顫心驚。

此時白光閃動地越來越快，像是斑馬線上倒數三秒的奔跑小綠人燈號，而迎面而來的車子也越來越多。

潔弟越看越著急，忙道：「怎麼辦！白光閃得越來越快了啦！」

吳常更是加快腳步，往距離剩二、三十公尺的白光衝刺。潔弟與其說是被他牽著，倒不如說是被他拖著跑，連腳尖都快點不到地。

就在此刻，一台休旅車閃過他們的瞬間，後面一台比公車還大的聯結貨車登時出現！

「叭叭叭——」聯結車的喇叭聲如低音號角般的渾厚，近處聽來音量大到都快震破耳膜。

此時他們與聯結車根本都來不及閃避，潔弟第一次注意到聯結車連輪胎、底盤都那麼高，預料到自己即將被撞飛，正打算閉眼、撇過頭去的前半秒，吳常大聲對她說：「相信我！」

她還來不及說聲「好」，聯結車便先迎面撞上來。

吳常抓準時機，摟住她的肩往後倒，趁勢滑壘到聯結車底盤下方，同時他們也被一片白光包圍！

＊＊＊

潔弟眨了眨眼，四周是無邊無盡的柔和白光。方才緊張的情緒還未緩和下來，心臟還在劇烈跳動，耳邊彷彿都還能聽到「咚咚咚」的心跳聲。

一發現身邊的吳常不見了，她的緊張頓時升高到惶恐，原地打轉了幾圈卻一無所獲。

「吳常！」她高聲吶喊，「你在哪啊？吳常！有聽到嗎？吳常！」

她一時忘了要冷靜，腦中一片空白，只是用盡全力地向前奔跑，恨不得自己會飛，能趕快飛去找吳常。

片刻之後，她才開始起疑：一直往前跑，會跑到哪裡？

驀然意識到自己是在漫無目的地奔跑，立刻停下腳步，竭力要自己靜下心來思考。喘了幾口氣，她也稍微定下神。即便天眼再次閉闔，僅憑凡眼打量四方，也足夠判斷身在何處。

「光域」是混沌七域中最好辨別的域界，純然的白光就是它的特色。而此域也是逆行七域順序中的最後一個域界。也就是說，通過這關考驗，就能還陽了！

這麼一想，潔弟立時精神為之一振。只不過，一想到吳常不知所在何方，又隨即感到苦惱焦慮。

一條細長、帶有絲綢般光澤感的黃布條，自她頭頂上方飄然而下，吸引了她的注意。她才剛低頭查看，一條同樣細長的藍布條也尾隨落下。緊接著，綠色的、紅色的，橘色的、紫色的，上百條五顏六色的布條跟著飄落。天空彷彿下起一陣彩巾雨，剎那間就將光域點綴得繽紛亮麗。

她伸手接住其中一條黃色碎布，定睛一瞧，便愣了一下：「這……這不是吳常的魔術道具嗎？」

「是。」她急欲找尋的人的聲音突然從她後方響起。

她一轉身，吳常竟就這麼突然出現在她身後，正以一貫優雅的步伐，不疾不徐地朝她走來。

「你跑去哪啦？」她急忙奔向他，「快把我嚇死了！找不到你，這趟就白來了！」

「我也不知道。」吳常也是面露困惑，「我跟著一路從天而降的絲巾走過來，就看到妳了。對了，」他立即將話題帶回正事，「光域的九字訣是？」

「路無向，煥廣佈，觀圓方。」潔弟喃喃背誦給他聽。

吳常一聽，當即臉色一沉。

「怎麼了嗎？」她開玩笑道，「你該不會也解不出來吧？真難得有你不懂的口訣啊。」

「如果妳記的九字訣沒錯，那麼，這代表光域沒有考驗。也就是說，」吳常頓了一下，才又接著說，「只有開天眼找到出口，才有辦法離開光域。」

潔弟睜大了眼睛，吞了口口水，想到剛才在捨域那種毒辣辣的灼痛，頭皮就直發麻。可是同時心裡也想著：我們已經一路披荊斬棘地走到這邊，都到最後一域了怎麼能退縮？反正也不差痛這一次，還是速戰速決吧！

「潔弟，妳——」

「開就開！」她打斷吳常的話，怕他一阻止自己，會心生猶豫。趕緊十指併用，結起天圓地方。

前面每一次開天眼，潔弟都以為當下所感受到的疼痛已經是極限了，不可能會有比那一刻更劇烈的痛。然而每到下一個域界，開天眼的瞬間，她才又重新認知到何謂痛的極限。

而這次的痛，遠遠超乎她的想像，以及她所能承受的程度。

說是痛得錐心刺骨、肝膽俱裂都不為過，不只是頭部，全身的五臟六腑好像都被激烈地翻攪過來，一股熱意突如其來湧上喉頭，她隨之吐了好多血。感到體力不支，連自身的重量都無法支撐，一陣天旋地轉，她立刻向後倒下……

吳常見潔弟痛苦地揪著胸口的衣服，卻又愛莫能助，急得不知如何是好。不料，潔弟下一秒忽然臉色大變，張嘴便吐出大量鮮血、立即閉眼暈厥過去。他連忙在她倒地之前，一個箭步上前扶住她。

「撐著點！」吳常將她橫抱起來，試圖喚醒她，「就只差最後一步了，潔弟！」

「最後……一步……」潔弟氣若游絲地說。

「對！」吳常邊說邊輕輕搖晃著她，「快！睜開眼睛，不准放棄！」

潔弟奮力掙扎著，三眼好不容易微微睜開，額上的天眼竟佈滿血絲，隨即流下一行觸目驚心的血淚！

「潔弟！」吳常失聲叫道。縱使是料事如神的他，也絕沒想過潔弟會傷得這麼重。

潔弟三眼無神地四處游移了一會，眼睛突然發亮，她皺眉使勁全力將手抬起，食指指著他們頭頂上方的方向。

「往上走？」吳常不太肯定地問道。

「直直……走……」潔弟微微點頭，看向吳常，又是一道血淚自天眼流下。她奄奄一息地說，「相信……我……」話未說完，三眼一閉，再次暈了過去。

「好。」吳常再看一眼潔弟，便抬頭仰望這片廣袤無涯的白光。

他先是想像身邊有個梯子或階梯，原地每個角度輪流抬起雙腳，但都不意外地落回地面，什麼都沒勾到。

吳常再將腳抬得更高，嘗試找出可落腳的地方。才試不到半圈，腳尖就頂到肉眼看不見的一堵牆。

他左腳先試探性地踩了牆面幾下，確定穩固，便抱緊潔弟，迅速提氣、發力將右腳也同時踩上。

吳常右腳甫落，離奇的現象就出現了，空間重力像被瞬間轉了九十度，整個人又像是站在尋常地面上那般地平穩自然。

混沌一再打破已知物理定律，令吳常雀躍無比，原本如黑曜石般的眼珠再度轉為藍紫色，心中不禁讚嘆起天地的奧妙。

接著，他低頭凝視懷中閉目的潔弟片刻，才邁開步伐，朝眼前一望無際的白光，踽踽走去。

＊＊＊

潔弟一下子從純然的白墜入極端的黑。周遭深手不見五指，估據這個未知空間的千萬隻眼睛陡地同時睜開來！

黑暗全面將她包圍，她卻無處隱藏。直覺告訴她，那一隻隻眼睛都在瞪著她！祂們無聲的目光與眨也不眨的眼皮，流露出詭異妖魅的氣息，帶給她無形卻龐大的壓迫感。

她嚇得冷汗直流，拔腿就跑，沒幾步就被絆倒，猛地飛撲出去，落地的前一刻才赫然發現地上也全是眼睛，一隻隻眼型、瞳色各異的眼睛！

＊＊＊

國際病房內，吳常的維生艙面板上，心跳指數忽然從平穩微弱的低緩波形，飆高至九十！正喝著熱義式咖啡的黑茜一見，立即從椅上站起身，透過防爆玻璃罩，屏氣凝神地盯著艙裡的吳常看。

有一度，吳常的睫毛微微顫動幾下。黑茜眨了眨眼，不敢相信眼前所見，以為是這些天來的疲倦所產生的幻覺。接著吳常又輕抬眉頭，隨即皺起。

「路路！」黑茜見狀，馬上拍起玻璃，激動地喚道，「路路！快醒來！你可以的，快醒來！Lumière！張開眼睛！拜託！」

第三冊全文完

▼欲知潔弟、吳常、楊志剛相遇故事請見前傳《金沙渡假村謀殺案》。

▼欲知老師父葉德卿與潔弟奶奶許忘憂的故事，請見外傳《佛殺》。

▼▼▼更多熱門故事與最新消息請關注唯一官方Facebook：https://www.facebook.com/flothedixit/

釀冒險85　PG3140

老梅謠　卷三：混沌七域

作　　者	芙　蘿
責任編輯	陳彥儒
圖文排版	黃莉珊
封面設計	王嵩賀

出版策劃	釀出版
製作發行	秀威資訊科技股份有限公司 114 台北市內湖區瑞光路76巷65號1樓 電話：+886-2-2796-3638　傳真：+886-2-2796-1377 服務信箱：service@showwe.com.tw http://www.showwe.com.tw
郵政劃撥	19563868　戶名：秀威資訊科技股份有限公司
展售門市	國家書店【松江門市】 104 台北市中山區松江路209號1樓 電話：+886-2-2518-0207　傳真：+886-2-2518-0778
網路訂購	秀威網路書店：http://store.showwe.tw 國家網路書店：http://www.govbooks.com.tw
法律顧問	毛國樑　律師
總 經 銷	聯合發行股份有限公司 231新北市新店區寶橋路235巷6弄6號4F 電話：+886-2-2917-8022　傳真：+886-2-2915-6275

出版日期	2025年1月　BOD一版
定　　價	360元

讀者回函卡

Printed in Taiwan

國家圖書館出版品預行編目

老梅謠. 卷三, 混沌七域 / 芙蘿著. -- 一版. --
臺北市 : 釀出版, 2025.01
面； 公分. -- (釀冒險 ; 85)
BOD版
ISBN 978-626-412-056-2(平裝)

863.57　　113020734